DIE MITBEWOHNERIN

A.B. Funing

DIE MITBEWOHNERIN

Bibliografische Information der Deutschen Nationalbibliothek:
Die Deutsche Nationalbibliothek verzeichnet diese Publikation in der Deutschen Nationalbibliografie; detaillierte bibliografische Daten sind im Internet über http://dnb.dnb.de abrufbar.

© *2017* **A.B. Funing**

Herstellung und Verlag: BoD – Books on Demand, Norderstedt

ISBN: 978-3-7448-9752-5

Inhalt

1. Julia

Julia lächelte auf den im Bett liegenden, sterbenden Mann hinab. Schweißperlen hatten sich auf seiner Stirn gebildet, seine Lippen bebten, die Augenlider flackerten. Er hieß Edward, war fünfundfünfzig Jahre alt, Immobilienmakler und hatte vor ein Paar Wochen seine Frau wegen einer Geliebten verlassen.

Julia genoss diesen Anblick. Die letzten Momente eines Lebens. Julia hieß auch nicht Julia. Edward kannte sie als Martina, davor war sie als Katharina bekannt gewesen -

Sie übte in Gedanken, sich Julia zu nennen, weil sie sich diesen Namen als Nächstes geben wollte.

Edwards Hand kroch über seinen Bauch, auf den anderen Arm zu, in dem eine Spritze steckte.

Julia ergriff seine Hand. Sie konnte die Hitze seiner Haut selbst durch die Plastikhandschuhe spüren. Er durfte die Spritze nicht rausziehen, sonst würde es nicht wie eine Überdosis aussehen. Sie hatte das alles so schön vorbereitet. Diesen Tod, bei dem sie so nah dabei sein konnte.

Seine Augen fokussierten sich auf sie. Er murmelte etwas, zu leise, um es zu verstehen.

Julia beugte sich hinunter.

»Warum?«

Sie setzte sich auf und streichelte über das teils ergraute Haar auf seiner Brust. Sie lächelte ihn an.

»Ick erzähl dir warum. Ick hatt` dir doch erzählt, dass ich die Schule geschmissen habe. Ick war Spätentwicklerin. Bis sich die hier entwickelt hatten, waren alle anderen schon gefickt worden.«

Sie griff an ihre großen Brüste.

»Aber als sie kamen, ist das meinen Klassenkameraden aufgefallen. Wir waren auf Klassenfahrt. Wir hatten viel getrunken. Ick war allein mit den Jungs. Es fing harmlos an. Einer streichelte mich. Er sagte, dass er mich hübsch fand. Dann fing er an, meine Brüste anzufassen. Ick sagte ihm -«

Edward verlor das Bewusstsein. Sein Brustkorb senkte sich noch einmal, dann rührte sich nichts mehr. Julia ertastete seinen Puls am Hals, konnte aber nichts spüren. Sie hatte die Geschichte doch zu Ende erzählen wollen! Und sie hatte sich nicht richtig auf sein Ende konzentriert. Sie schlug ihm einmal ins Gesicht. Das war dafür, dass er so schnell gestorben war.

Sie stand auf. Das musste beim nächsten Mal besser laufen! Sie musste es besser dosieren!

Sie ballte die Hände zu Fäusten. Ihre Fingernägel gruben sich in ihre Handflächen. Sie brauchte es doch, diesen Moment! Und sie hatte ihn verpasst.

Beruhige dich!, sagte sie sich selbst. *Beende das hier und dann suchst du dir etwas Neues.*

Sie ging in das kleine Bad des Hotelzimmers und musterte sich im Spiegel. Das Negligé stand ihr gut. Die langen, blonden Haare hatten ihr nie so richtig gefallen. Aber so hatte es mit Edward angefangen.

Sie schaltete das Radio an. Vielleicht konnte etwas Musik sie von diesem enttäuschenden Ende ablenken.

Sie fasste ihn ihr Auge und nahm eine grüne Kontaktlinse raus. Julia mochte die Linsen eigentlich nicht, aber sie waren nützlich.

Sie öffnete ihre Reisetasche und holte mehrere Haarfärbemittel heraus. Welche Farbe sollte sie als nächste nehmen? Rot würde ganz gut zu einer Julia und ihrer blassen Haut passen. Sie war lange nicht mehr so richtig in der Sonne gewesen. Jetzt rote und danach vielleicht schwarze Haare. Und ein Solarium.

Julia öffnete die Tube und fing an, sich das Färbemittel in die Haare zu schmieren. Sie schloss die Augen, während sie sich die Farbe in die Haare einmassierte.

Sie öffnete sie wieder und wollte die Plastikhandschuhe von ihren Fingern ziehen. Sie erstarrte, als sie in den Spiegel blickte.

Edward stand hinter ihr. Er sollte doch -

Julia drehte sich panisch um, er schlug zu und traf sie ins Gesicht. Julia stieß gegen das Waschbecken, Schmerz zuckte durch ihren Rücken. Edward verlor das Gleichgewicht, er war schwach auf den Beinen. Sie fing den nächsten Schlag ab und rammte ihm ihr Knie in den Bauch. Er klappte zusammen, riss seine Arme nach vorne und umklammerte Julia, als er nach unten fiel. Julia wedelte mit den Armen, versuchte sich oben zu halten und ergriff den Duschvorhang. Der Vorhang riss und sie krachte auf den Boden. Ihr Kopf schlug gegen den Rand der Badewanne.

Edward kroch den Boden entlang auf Julia zu und starrte sie mit blutunterlaufenden Augen hasserfüllt an. Er wusste, was sie versucht hatte. Seine Hände griffen nach ihrem Hals, wollten zudrücken.

Julia tastete panisch nach irgendwas. Ihre Finger umfassten eine Stange. Sie rammte sie gegen den Kopf von Edward, einmal, zweimal, immer wieder, bis er ihren Hals losließ. Mit der Handkante schlug sie ihm gegen den Hals. Etwas knackte und riss. Edward griff sich an die Kehle, röchelte, war panisch.

Julia trat ihn weg und richtete sich auf die Badewanne gestützt auf. Sie nahm die Duschstange in beide Hände und schlug auf Edward ein, bis er sich nicht mehr rührte.

Julia ließ die Stange fallen. Sie fühlte sich erregt. Ihre Beine zitterten. Sie ließ sich auf dem Rand der Badewanne nieder, die Augen geschlossen, während Schauer ihren Körper zucken ließen. Diesmal hatten sie seinen Tod nicht verpasst.

Sie öffnete die Augen.

Blut und rotes Färbemittel hatten sich auf den Fliesen vermischt. Das -

Das war eine Katastrophe! Er hätte tot sein müssen! Wie soll das jetzt nach einer Überdosis aussehen?

Sie brauchte Hilfe.

Sie zog die Plastikhandschuhe aus und ließ sie auf den Boden fallen. Mit zittrigen Beinen wankte sie ins Schlafzimmer. Ihr Blick zuckte durch den Raum. Da -

Ihr Handy lag auf der Kommode. Sie wählte die unter Musiklehrer gespeicherte Nummer.

»Komm bitte schnell vorbei. Ich habe ... ich brauche deine Hilfe.«

Es klopfte an der Tür.

Endlich!, dachte sich Julia und stürmte los, um sie aufzumachen.

Vor der Tür stand er, ihr Lehrer, ihr Meister. Er sah wie immer gut aus. Dreitagebart, eine Sonnenbrille, um nicht erkannt zu werden und eine Lederjacke, die sie noch nie an ihm gesehen hatte und die er wahrscheinlich wegwerfen würde, sobald sie hier fertig waren, damit ihn auch ja nichts mit diesem Tatort in Verbindung bringen konnte.

Er starrte sie an und musterte das blaue Auge, das sie noch nicht vollständig mit Make-up versteckt hatte.

»Was zur Hölle ist passiert?«, fragte er ungehalten und schob sich ins Zimmer. Er drückte die Tür ins Schloss und schaute sich um. Er ging zum Badezimmer und starrte hinein.

»Er - er war nicht Tod - ich hatte seinen Puls gefühlt, aber er ist wieder -«.

»Wenn du schon so nah rangehst, darfst du dir keine Fehler erlauben!«

»Ich weiß.« Sie starrte auf ihre Füße. Sie hasste es, ihn zu enttäuschen, vor allem mit solchen Fehlern.

»Wie willst du das hier in Ordnung bringen? Sollte es wie eine Überdosis aussehen? Wie ein Tod ohne Fremdeinwirkung?«

»Ja - ich, ich weiß nicht ...«

»Denk nach!«

Sie zuckte zusammen.

»Hab ich dir gar nichts beigebracht? Was ist Regel Nummer eins?«

»Gib der Polizei eine Story, die sie glauben kann. Aber - mit den Verletzungen ...?«

»Eine perfekte Story wird es nicht mehr. Wenn die Polizei zu tief gräbt, wird sie Ungereimtheiten finden. Sei kreativ!«

»Ich - könnten wir mit Feuer Spuren verwischen?«

Der Lehrer starrte sie an. Dann nickte er.

»Das ist ein Anfang. Komm mit.«

Er ging ins Badezimmer, während er aus seiner Jackentasche Einweghandschuhe herausholte und sie sich überstreifte. Julia folgte ihm.

»Wisch das Blut weg. Hinterlasse keine Rückstände!«

Er wickelte den Leichnam in den Duschvorhang ein, hob ihn hoch und trug ihn aus dem Zimmer. Julia holte Klopapier und suchte in dem kleinen Bad nach etwas, womit sie das Blut wegwischen konnte.

Im Schlafzimmer krachte es.

Julia sprang auf und schaute aus dem Bad.

Die Leiche lag auf einem zertrümmerten Tisch.

»Fertig geputzt?«, fragte er und starrte sie an.

Julia schüttelte den Kopf und zog sich ins Bad zurück. Es machte sich ein bisschen Hoffnung in ihr breit. Die ganze Sache könnte doch noch gerettet werden.

Nach zwei Stunden putzen und vorbereiten, stand sie erschöpft und ausgelaugt, vor dem Bett. Ihr Lehrer stand neben ihr.

»Von dir sind keine Spuren mehr da?«, fragte er.

Julia schüttelte den Kopf. Sie hatte alles beseitigt und dreimal nachgeschaut, dass selbst kein Haar von ihr zu finden war. Sie trug einen Müllbeutel in der Hand, in dem sich hoffentlich alle gegen sie verwendbaren Beweise befanden.

»Gut. Wie sieht mein Plan aus?«

»Wir - wir zünden das Bett an. Mit einer Zigarette, er war Raucher - durch das Feuer und die Drogen geriet er in Panik, krachte auf den Nachttisch und wurde ohnmächtig. Das Feuer breitet sich aus und wird ihn konsumieren -«, reimte sie sich den Aufbau zusammen.

»Schön wäre es. Aber das Feuer wird wahrscheinlich nur einige Spuren beseitigen, aber nicht alle. Wir müssen hoffen, dass die Polizei wegen der Drogen nicht zu genau nachforscht.«

»Warum liegt eine Klopapierrolle auf dem Bett?«

Ihr Lehrer lächelte, drehte sich um und schaltete den Fernseher ein, der an der Wand hing. Es lief ein Porno.

»Der Brandbeschleuniger muss irgendwie erklärt werden.«

Er nahm eine Zigarette von dem nicht zerbrochenen Nachttisch und holte ein kleines Röhrchen heraus, das er an den Filter schob. Er nahm das Röhrchen zwischen die

Lippen und zündete die Zigarette an, während er kräftig sog. Er zog das Röhrchen von der Zigarette und beugte sich zu der Leiche hinunter. Er klemmte die Zigarette kurz zwischen die Lippen des Toten, zog sie wieder raus und pustete, damit sie richtig glomm.

»Schau nach, ob die Luft rein ist«, befahl er Julia. Sie ohrfeigte sich innerlich. Sie hätte sofort das Feuer gelegt, ohne zu prüfen, ob der Flur leer war, damit sie nicht beim Rausgehen gesehen wurden. Sie hatte dieses Hotel ausgesucht, weil es für seine Diskretion bekannt war. Es gab keine Kameras. Aber andere Gäste, die einen zufällig sahen, konnten bedeuten, dass man geschnappt wird.

Sie ging zur Hotelzimmertür und öffnete sie. Sie ging in den Flur und tat so, als ob sie was in ihrer Handtasche suchte. Aus den Augenwinkeln sah sie, dass der Flur leer war.

»Du kannst kommen«, sagte sie leise.

Er legte die brennende Zigarette auf das Klopapier. Es fing sofort Feuer.

Er nickte zufrieden und ging zur Tür. Julia starrte auf das Feuer, dass sich durch die Rolle Klopapier fraß und langsam auf das Bett übergriff. Es war schön.

»Gehen wir«, sagte er.

Er schlug die Tür zu.

2. Michael

Michael riss die Wohnzimmertür auf.

»Verpiss dich, du blöde Schlampe!«, brüllte er Eva hinterher. Er hatte die Hände zu Fäusten geballt, wollte zuschlagen, doch er hielt sich zurück. Sie hatte Anwälte als Freunde -

»Werd ich auch machen, du eierloses Arschloch! Du Tagträumer! Loser! Ich versteh sowieso nicht, wie ich es so lange mit dir aushalten konnte! Nichts kriegst du auf die Reihe!«, zischte sie.

Jedes Wort traf ihn mit der Wucht eines Schlages. Seine Wange zitterte.

»Raus mit dir! Ich will dich hier nie wieder sehen!«

Er machte einen Schritt auf sie zu. Mit Genugtuung stellte er fest, dass sie vor ihm zurückwich. Sie schnappte sich ihre Koffer, zog die Wohnungstür auf, flüchtete hinaus und schlug die Tür hinter sich zu.

Er ging mit zittrigen Beinen zurück ins Wohnzimmer und ließ sich auf das Sofa fallen. Wie konnte diese Schlampe es wagen, so mit ihm umzugehen? Sie, in ihren feschen Business-Anzügen, mit ihrem tollen Job ...

Er - er brauchte jetzt Ablenkung. Sein Blick fiel auf sein Handy. Es lag auf dem kleinen Wohnzimmertisch, den sie ausgesucht hatte.

Er wählte die Nummer seines besten Freundes. Er konnte ihm jetzt helfen.

»Karl? Ja, ich bins. Lass uns einen saufen gehen, okay?«

Zwanzig Minuten später saß Michael bei Karl auf dem Sofa und öffnete ein Dosenbier.

»Frauen, hä«, sagte Karl, als sie mit den Bierdosen anstießen.

»Man kann nicht mit ihnen, aber auch nicht ohne sie.«

Klischees, dachte Michael, *aber dafür war Karl eben bekannt.*

»Ich kann ganz gut ohne sie.«

»Naja, Eva hat dich schon sehr gern.«

Michael schnaubte und trank einen großen Schluck von dem Bier.

»Doch, ich glaub schon«, fuhr Karl fort.

Michael schüttelte den Kopf.

»Sie versteht meine Kunst nicht. Meine Musik, meine Leidenschaft! Ich lass mich nicht von ihr verbiegen!«

»Läuft es denn gut mit der Musik?«

»Ja, meine Songs haben alle über 100 000 Views auf Youtube. Ich verdien zwar nicht so viel wie du - oder Eva. Sie hat ernsthaft vorschlagen, ich soll mir vernünftige Arbeit suchen! Das Miststück will nen Mann haben, der mehr verdient als sie!«

»Das wird schwer bei ihrem Job.«

Michael trank noch einen kräftigen Schluck.

»Schwer«, er lachte auf, »Sie wird auf allen Vieren angekrochen kommen, sobald ich einen Plattenvertrag hab. Ein Label hat mich angefragt. Ich wollte sie damit überraschen, sobald die Sache sicher ist. Ich -«

»Wie willst du bis dahin die Miete zahlen?«

Karl musste immer die Finger direkt in die Wunde legen.

»Ich glaube, ich muss mir einen Mitbewohner suchen.«

»Um die Zeit im Jahr? Viel Glück damit.«

»Wieso?«

»Weil das Semester vor einem Monat begonnen hat. Wer jetzt noch ne WG in Berlin sucht - es hat seine Gründe, warum sie bisher noch nicht untergekommen sind.«

»Erstmal schauen, was die Anzeige bringen wird«, sagte Michael und hoffte, dass Karl nicht recht behalten sollte.

Michael hasste es, wenn Karl recht hatte.

»Über die Miete sollten wir noch vielleicht nochmal reden«, sagte der junge Mann, mit abgetragenen alten Klamotten und blutunterlaufenden Augen, »Ich habe ein nicht so regelmäßiges Einkommen im Moment.«

Er kratzte sich über den Arm, der mit roten Punkten übersät.

»Ich melde mich«, sagte Michael und schlug die Wohnungstür hinter ihm zu.

»Ein paar Regeln gibts, wenn ich hier einziehe! Keine Anmachen, keine nackten Oberkörper und wenn ich Schwänze sehe, werde ich sie abreißen!«, sagte die stämmige, ältere Frau mit kurzgeschorenen Haaren, die vor Michael am Esstisch saß.

»Vielen Dank, ich melde mich bei dir, nachdem ich noch ein paar andere Interessenten gesehen habe.«

Er schlug die Wohnungstür zu, erleichtert, dass sie weg war.

Das lief besser. Vor ihm saß eine junge Frau in Minirock, Netzstrumpfhosen, Korsett und kaute Kaugummi.

»Ich werde öfter Männerbesuch haben. Ich hoffe, das wird dir nichts ausmachen«, sagte sie.

Michael überlegte kurz.

»Ich komme auf dich zurück«, sagte er und schlug die Wohnungstür hinter ihr zu, nachdem er sie hinausgebracht hatte.

»Ich -«

Ein kleiner Junge saß Michael gegenüber.

»werde -«

16

Ein älterer Herr, mit zersausten Haaren und einen Aluhut auf dem Kopf saß ihm gegenüber.

»mich -«

Ein fetter Typ, bei dem das T-Shirt über zu eng sitzende Hosen quoll, saß Michael gegenüber.

»- melden«, sagte Michael und schlug die Tür hinter jedem der Bewerber zu.

3. Julia

Julia saß am Schreibtisch und spielte mit ihren nur teilweise rotgefärbten Haaren, während sie auf den Laptopbildschirm starrte. Dort war Michaels Mitbewohner-Gesucht Anzeige zu sehen, in einem zweiten Fenster lief eines seiner Musikvideos.

Julia hörte, wie ihr Lehrer aus dem Badezimmer dieses Hotelzimmers kam.

»Du gehst jetzt tatsächlich nach Frankreich?«, fragte sie und versuchte, sich die Enttäuschung in ihrer Stimme nicht anmerken zu lassen.

»Ja. Ich habe dort eine kleine Rückzugsmöglichkeit entdeckt, die ich mir gern mal anschauen wollte. Du solltest mitkommen«, sagte er, während er seine Koffer packte.

»Ich denke, ich hab hier ein neues Projekt gefunden.«

»Bist du sicher?«

Die Frage stach. Nach dem großen Fuck-Up war sie sich nicht sicher. Aber sie musste es schaffen, selbstständig zu sein. Er hatte ihr öfter klar gemacht, dass er nicht immer da sein konnte, wenn sie versagte.

»Es ist in einer anderen Stadt. Und es gibt keine Verbindung zwischen -«

»Das will ich hoffen!«

»Du hast mir vieles -«

Er stellte sich hinter ihr.

»Als ich dich gefunden habe -«, auch ihm stockten die Worte. Julia stand auf und umarmte ihn.

»Danke.«

Er ließ es geschehen, wofür sie dankbar war. Er war der einzige Mensch auf der Welt, der ihr wirklich etwas bedeutete.

18

Er drückte sie weg und schaute ihr ins Gesicht.

»Wenn ich weg bin, kann ich dir nicht helfen. Das ist dir doch klar, oder?«

Julia schluckte, der Gedanke ängstigte sie.

Sie nickte.

»Ich- ich werde vorsichtig sein. Es wird nichts mehr schiefgehen.«

Er nickte ihr zu.

Sie ging ins Badezimmer. Es war Zeit, diese Unmöglichkeit von Haaren zu bändigen. Sie starrte in den Spiegel, dann nahm sie die braunen Kontaktlinsen heraus und griff nach einer Schere. Halb rote, halb blonde Haare fielen ins Waschbecken. Sie nahm das schwarze Haarfärbemittel. Schwarze Farbe tropfte herunter.

Nach einer Stunde war sie fertig, alles war gepackt und sie hatte nichts im Hotelzimmer vergessen.

Mit ihrem Koffer und einer kleinen Tiefkühltruhe in der Hand stand sie an der Zimmertür und schaute ihrem Lehrer in die Augen.

»Sicher, dass du nicht mit nach Frankreich willst?«

Deine letzte Chance, dachte sie. Sie schüttelte den Kopf.

»Dann gute Jagd.«

Er drückte ihr freundschaftlich die Schulter. Sie wünschte sich so viel mehr von ihm. Sie griff nach der Türklinke.

4. Michael

Michael öffnete die Wohnungstür und erstarrte. Vor ihm stand eine normale junge Frau. Sie trug eine enge Jeans, ein Shirt mit tiefem Ausschnitt, ein Koffer und eine Tiefkühlbox. Er runzelte er die Stirn. Doch eine Verrückte?

»Du musst Julia sein«, sagte er und reichte ihr die Hand. Sie nickte und ergriff sie.

»Und du Michael?«

»Ja. Komm rein.«

Er trat beiseite. Sie nahm ihren Koffer und die Tiefkühlbox und betrat die Wohnung.

»Ich bin ja so froh, auch mal eine normale Wohnung zu sehen. Die letzten drei WGs, die ich mir angeschaut hatte, waren alle furchtbar«, sagte sie und lächelte Michael an.

»Die meisten Bewerber waren auch nicht viel besser. Es liegt einfach an der Zeit. Das Unisemester hat bereits angefangen, alle guten Wohnungen und Mitbewohner sind vergeben«, sagte Michael, »Hätte - ich würde normalerweise auch nicht nach jemandem für eine WG suchen.«

Michael merkte, wie Julia seine Hand ergriff. Sie sah ihn mitfühlend an. Er ließ es geschehen.

»Was ist passiert?«, fragte sie.

»Ach, nichts. Nur meine Freundin - meine Exfreundin hat mit mir hier gelebt. Und allein kann ich die Miete im Moment nicht zahlen.«

Michael bekam eine leichte Gänsehaut, als Julia seine Hand streichelte.

»Du Armer. Das ist mir auch passiert. Darum such ich im Moment auch eine Bleibe.«

Michael zog seine Hand weg. Er -

»Ähm, willst du den Rest der Wohnung sehen?«

»Gerne«, sagte Julia und strahlte ihn an.

Sie folgte ihm in den Flur, wo er die erste Tür hinter der Wohnungstür öffnete. Es war ein kleines Zimmer, mit Schrank, Bett und Schreibtisch. Ein paar gepackte Kisten standen in einer Ecke.

»Das wäre dein Zimmer. Ist etwas klein, aber wenn du mal mehr Platz brauchst, dafür ist das große Wohnzimmer ja da. Die Möbel sind inklusive. Die Kisten sind noch von meiner Ex. Sie wird sie irgendwann abholen. Ich kann sie auch ins Wohnzimmer stellen, wenn sie stören.«

»Ach, die machen mir nichts aus. Was gibts denn so in der Nähe?«

»Das hier ist ein sehr ruhiges Wohnviertel. Wir haben ein paar Supermärkte. Aber die Anbindung in die Partygegenden ist echt gut. Zwei U-Bahnen, eine S-Bahn und vier oder fünf Busstationen gibts im Umkreis von fünf Minuten zu Fuß.«

»Und kann man hier auch irgendwo Sport machen?«

»Es gibt ein Fitnessstudio gleich um die Ecke. Und ich glaub ein Kampfsportstudio. Aber - da geht auch meine Ex hin.«

Er ging zur zweiten Tür, die vom Flur abging und öffnete sie. Die Wände waren mit schallisolierendem Schaumstoff ausgepolstert, ein Mikrofonständer stand in der Ecke, daneben eine Gitarre und weitere Geräte, die Michael brauchte, um seine Musik aufzunehmen.

»Das ist mein Arbeitszimmer. Du kannst es auch verwenden, wenn ich nicht grad Musik aufnehme.«

»Du machst Musik? Was denn für eine Richtung?«, Julia streichelte bei der Frage über seinen Arm.

Sag ich es? Es ist -

»Christlicher Rock.«

Es war offensichtlich, dass Julia ein Grinsen unterdrückte.

»Christlicher Rock?«

»Ja, ich bin selbst nicht religiös, also keine Angst. Ich hatte mal aus Spaß ein paar alte Kirchenlieder umgeschrieben, so dass sie geiler klingen und auf Youtube gepackt. Die waren echte Hits. Hunderttausende Views in nur wenigen Wochen. Ich steh sogar im Kontakt mit einem Label, das mich unter Vertrag nehmen will.«

»Das klingt großartig. Stört es denn die Nachbarn nicht, wenn du hier Musik spielst?«

»Nein, dafür ist das da«, Michael zeigte auf die Schaumstoffpolster, »Schallisolierung. Hier drin hört dich niemand schreien.«

Er stoppte. Jetzt hatte er schon einen normalen, vernünftigen Menschen, der hier einziehen wollte, und er zog so eine Nummer ab.

»Sorry, das klang jetzt creepy. Bevor ich noch mehr Blödsinn erzähle, willst du das Zimmer haben?«

Julia starrte in das Musikzimmer und überlegte.

»Sehr gerne«, sagte sie schließlich. Michael fiel ein Stein vom Herzen. Dann fiel sein Blick auf die Kühltruhe, die noch im Flur stand.

»Was ist eigentlich in der Kühltruhe?«

»Nur ein paar Sachen, die ich meinem Arsch von Ex nicht im Kühlschrank überlassen wollte.«

5. Karl

Karl drückte die Tasten auf dem Controller und versuchte den Schlägen auszuweichen. Glücklicherweise war seine Gegnerin nicht die Beste.

»You Win!« stand in großen Buchstaben auf dem Fernseher.

Karl schaute zur Seite. Anstatt sich auf das Spiel zu konzentrieren, hielt Eva einen Schlüssel in der Hand. Karl legte den Controller beiseite.

»Für die Wohnung?«

»Ja«, antwortete Eva und hielt ihn Karl hin, »Kannst du zu Michael gehen und meine restlichen Sachen abholen? - Ich will ihn nicht sehen.«

»Kann ich machen. Aber erstmal musst du mich besiegen!« Er hielt seinen Controller hoch. Sie lächelte schwach, ergriff jedoch ihren. Die nächste Kampfrunde begann.

»Ich glaub, Micha ist immer noch in dich verknallt. Und ich bin ziemlich sicher, du noch in ihn.«

»Und wenn es so wäre? Er ist ein Träumer!«, bei jedem der Worte presste sie stärker auf die Tasten ihres Controllers und landete jeweils einen Treffer, »Er verschwendet sein Leben - und wenn ich bei ihm bleibe, ich auch meins! Meine Güte! Er will Rockstar werden! Mit dreißig! Mit religiöser Musik! Ich -«

»Hat er dir nicht erzählt, dass ein Label Interesse hat, ihn aufzunehmen?«

Karl biss sich auf die Lippen. Das hatte er nicht verraten wollen.

Eva legte ihren Controller weg.

»Wirklich?«

Karl wandte sich ihr zu und schaute ihr in die Augen.

23

»Ja, aber ich glaub nicht, dass das wirklich sein Durchbruch wird. Christlicher Rock, hä.«

Er streichelte ihr ein paar Haare aus dem Gesicht.

»Ich habe eine Idee«, sagte sie.

»Und was für eine?«, er näherte sich ihr.

Vielleicht sollte ich sie küssen?

»Du veranstaltest hier eine Party, lädst Micha ein, ich werd mich schick machen und wir beide kommen wieder zusammen.«

Karl ließ seine Hand sinken und schnappte sich den Controller.

»Kann ich machen. Wann?«, er versuchte, sich nicht zu sehr die Enttäuschung in seiner Stimme anmerken zu lassen.

»Morgen wäre toll. Ruf ihn doch gleich an!«, sie drückte ihm einen freundschaftlichen Kuss auf die Wange.

»Nach dem Spiel hier.«

»Danke Karl, du bist ein großartiger Freund, warum kann Micha nicht etwas mehr so wie du sein?«

»Jetzt streng dich an, sonst wirst du komplett vernichtet!«, sagte Karl, während er die Knöpfe des Controllers fest presste.

6. Michael

Michael spießte das Stück Hühnchen mit der Gabel auf und schob es sich in den Mund.

»Das schmeckt großartig. Wo hast du so gut kochen gelernt?«, fragte er.

»Wie bitte?«, fragte Julia und lächelte ihn an.

Michael schluckte das Fleischstück herunter.

»Ich meinte, das schmeckt großartig. Wo hast du so kochen gelernt?«

»Von - einem Lehrer.«

Michael spießte ein weiteres Stück auf.

»Du warst an einer Kochschule?«

»Nein, aus der Schule.«

Er blickte sie an.

»Aha, erzähl mir mehr.«

Sie errötete leicht.

»Da gibt es nicht so viel zu erzählen. Wir haben uns gut verstanden. Er hat mir ein paar Dinge beigebracht, darunter Kochen.«

Michael schob sich das Fleischstück in den Mund, um ein Grinsen zu verbergen. Da schien doch mehr dahinter zu stecken, aber ihr war es offensichtlich peinlich.

»Du du bald ein Rockstar bist, kann ich ein Autogramm haben?«, fragte sie.

Michael verschluckte sich fast.

Offensichtlicher vom Thema abzulenken ging kaum. Aber es war ein sehr schmeichelhafter Versuch, wie er zugeben musste. Aber so einfach durfte er es ihr nicht machen.

»Bitte?«, fragte er.

»Naja, jetzt bist du noch nicht so berühmt. Aber wenn dein Durchbruch kommt, dann kann ich deine ersten

Autogramme teuer bei eBay versteigern und muss mir um Geld keine Sorgen mehr machen.«

Sie grinste ihn an.

»Schade, ich dachte, du wärst mein erster Groupie.«

»Wäre cleverer gewesen, das du zu sagen, nicht wahr?«

Michael lachte auf. »Ich mag deine Ehrlichkeit. Okay, wo soll ich unterschreiben?«

Sie schaute sich um und griff nach einem A4-Block mit Briefpapier, der auf einer Kommode neben dem Esstisch lag. Sie schob ihn Michael hin. Er unterschrieb auf dem ersten Blatt.

»Damit du nicht hungern musst«, sagte er und unterschrieb fünf weitere Blätter.

7. Julia

Julia holte das restliche Fleisch, Joghurt und Milch aus der Gefrierbox und stellte sie auf die kleine Anrichte neben dem Kühlschrank. Sie schaute hinter sich. Michael war damit beschäftigt, den Geschirrspüler einzuräumen. Sie öffnete den doppelten Boden der Box und ließ ihren Blick kurz über die Medikamente, Drogen und Spritzen wandern, die sie darin versteckt hatte. Alles hatte den Transport überstanden. Sie schloss den doppelten Boden und dann die Box. Sie stand auf.

Michael schaute vom Geschirrspüler auf. Er schien nachdenklich zu sein. Julia hatte gemerkt, dass er sich immer auf die Lippen biss, wenn er etwas fragen wollte, bei dem er unsicher war. So wie er es jetzt machte.

»Hast du morgen, abends, schon was vor?«, überwand er sich endlich.

»Bisher noch nicht. Wieso?«

»Karl, ein Kumpel, will morgen Abend eine Party veranstalten und hat mich eingeladen. Ich glaub, meine Ex-Freundin wird auch dabei sein.«

Julia legte die Stirn in Falten. Wenn Michael wieder mit seiner Ex zusammenkäme, würde das ihren Plan durcheinanderbringen.

»Und?«, fragte sie.

»Ich wollte fragen, ob du vielleicht - ach, vergiss es. Ist eine blöde Idee.«

»Komm schon. Sag sie mir.«

»Ich wollte Fragen, ob du vielleicht so tun könntest, als ob du meine Neue wärst. Um die Trennung zu gewinnen. Du siehst großartig aus und - aber ich kann verstehen, wenn du nicht -«

»Klar können wir das machen. Nem Ex was auszuwischen ist etwas, was man einfach machen muss.«

»Danke.«

Julia stellte sich zu Michael, um ihn beim Einräumen zu helfen und als er nach einem Teller griff, war ihre Hand schon da, so dass sie sich beinah zufällig berührten.

Julia saß in ihrem kleinen Zimmer und starrte auf die Bahnpreise nach Paris. Es würde teuer werden, wenn sie die Tickets spontan kaufen würde. Sie überlegte, mit welchem Alias sie die Tickets jetzt schon kaufen konnte. Aber sie hatte noch keinen Zeitplan für das, was sie mit Michael vorhatte. Sie schaute sich im Zimmer um. Ihr Blick fiel immer wieder auf die Kisten von Michaels Exfreundin.

Sie öffnete die oberste Kiste. Es befanden sich Akten darin. Sie griff hinein und öffnete einen Ordner, der mit *Arzt* beschriftet war.

Das erste Blatt war ein Zeitungsartikel über einen Autounfall. Die Eltern waren gestorben und nur die Tochter hatte überlebt.

Julia blätterte weiter. Es war ein wahrer Schatz! Psychologische Akten, Adoptionspapiere, Gerichtsakten! Eva war misshandelt worden und - hatte ihren Adoptivvater in Notwehr getötet. Sie galt als stabil und war aus einer Nervenheilanstalt entlassen worden.

Julia zuckte zusammen. Ein Schlüssel wurde in die Wohnungstür geschoben. Sie schlug den Ordner zu und schob ihn wieder in die Kiste. Wenn Michael mal längere Zeit weg war, musste sie die genauer studieren.

8. Michael

Michael starrte auf die Hemden, die er auf dem Bett ausgebreitet hatte. Er konnte sich einfach nicht entscheiden. Es scherte ihn normalerweise nicht, ob er schick gekleidet war. Aber für heute Abend musste er besonders gut aussehen. Er schaute auf seinen Bauch, der schon etwas über die Hose quoll, und zog ihn ein. Daran hatte er auch schon lange etwas ändern wollen.

Es klopfte an der Zimmertür.

»Ja?«

Julia öffnete die Tür und kam herein. Sie trug ein eng anliegendes, schwarzes Kleid.

»Wow - du siehst - großartig aus.«

Sie kam auf ihn zu. Ihr Lächeln war verführerisch.

»Wenn man eine Trennung gewinnen will, dann muss man es gefälligst auch richtig tun.«

Sie drehte sich zum Bett. Michael bewunderte ihren freien Rücken. Er musste sich zusammenreißen, um sie nicht zu berühren.

Sie nahm ein schwarzes Hemd vom Bett und hielt es ihm hin.

»Zieh das an. Das passt am besten. Und es muss nicht noch gebügelt werden.«

»Okay.«

Er nahm es ihr ab und fing an sich anzuziehen. Julia ließ sich aufs Bett fallen und beobachtete ihn dabei.

»Erzähl mir von ihr. Damit ich weiß, worauf ich mich einlasse.«.

»Was willst du wissen?«

»Alles.«

»Dann kommen wir aber zu spät.«

»Ich denke, es ist ganz gut, wenn auf uns gewartet wird.«

9. Karl

Karl legte eine kleine Medikamentenpackung auf den Küchentisch und blickte zu seinen Gästen.

»Okay Jungs - und Mädel - das hier ist das Neuste, was es auf dem Pharmamarkt so gibt. Vergesst Viagra, Levitra oder wie die sonst noch so alle heißen. Das hier ist Afrodiaxa, es hat keine Nebenwirkungen außer vielleicht nach 3-4 Stunden ein paar wunde Stellen, wenn ihr wisst, was ich meine.«

Die zwei Jungs und das Mädel wussten, was er meinte. Sie grinsten sich gegenseitig an.

»Das ist eine Probepackung - benutzt sie, aber auf eigene Verantwortung. Jetzt entschuldigt mich, ich muss mich um ein paar andere Gäste kümmern.«

Er nahm sein Cocktailglas, stand auf und stellte sich zu Axel neben die Spüle.

»Hast du es mitgebracht?«, flüsterte er dem großgewachsenen Typen zu.

Axel griff in seine Jackentasche und legte Karl ein kleines Päckchen Gras in die Hand. Karl gab ihm einen Zwanzig-Euro-Schein.

»Ich hoffe, du amüsierst dich. Unter uns, das Mädel da am Tisch ist leicht zu beeindrucken.«

»Alles klar«, sagte Axel und ging hinüber zum Tisch.

Karl ging in den Flur.

Eva lief unruhig auf und ab, eine Tequilaflasche in der Hand. Sie ging in das zweite Schlafzimmer, dass Karl ihr zur Verfügung gestellt hatte, damit sie nicht im Hotel schlafen musste. Er folgte ihr und sah, wie sie einen Tequila-Shot trank und das leere Glas neben drei weiteren leeren Gläsern abstellte. Dann zupfte sie sich ihr blaues Kleid zurecht, das sich an ihren Körper schmiegte.

Karl versuchte, ihr nicht zu auffällig in den Ausschnitt zu starren.

Er ging zu ihr und legte ihr einen Arm um die Schulter.

»Keine Sorge, du siehst großartig aus.«

»Wo bleibt der Kerl nur? Typisch, dass er immer als Letzter kommt!«

Karl seufzte. Warum hatte er sich nur auf diese Party eingelassen?

Es klingelte an der Wohnungstür.

»Halt das Mal kurz bitte.«

Er reichte Eva sein Cocktailglas und ging zur Wohnungstür. Als er die Wohnungstür öffnete, fiel ihm fast die Kinnlade herunter.

Michael war mit Begleitung gekommen. Sie hatte schwarze kurze Haare, ein niedliches Gesicht und trug einen langen Mantel.

»Micha, schön das du es geschafft hast. Wer ist deine Begleitung?«

»Das ist Julia. Meine neue Freundin.«

Das war aber schnell gegangen. Karl blickte kurz dem Zimmer zurück, in dem sich Eva befand. Sie stand an der Zimmertür und sah schockiert aus.

»Kommt doch rein.«

Michael und Julia betraten die Wohnung. Er nahm ihr den Mantel ab. Darunter kam ein Kleid zum Vorschein, dass viel Brust zeigte und eher auf einen eleganten Abendempfang als auf eine Hausparty passte. Karl schaute sich kurz zu Eva um, die das Schauspiel beobachtete und das Gesicht verzog.

»Wollt ihr was trinken?«, fragte Karl die beiden.

»Gern.«

Julia gab Michael einen sanften Kuss und flüsterte ihm etwas ins Ohr.

»Ich kenn den Weg ja«, sagte Michael und führte seine neue Freundin in die Küche.

Eva stürmte aus ihrem Zimmer und blieb neben Karl stehen. Sie glotze in die Küche hinein.

»Wer ist dieses Flittchen.«

»Anscheinend seine neue Freundin.«

»Neue Freundin? Nach drei Tagen? Dieser-«

Karl zog Eva zurück in ihr Zimmer.

»Hey!«, protestierte sie.

»Mach jetzt nichts, was du später bereuen wirst.«

Er griff nach der Tequilaflasche und goss ihr einen kräftigen Schuss in das Cocktailglas.

Sie trank es mit einem Zug hinunter, riss Karl die Flasche aus der Hand und goss sich noch mehr ein.

»Vorsichtig!«, sagte Karl, verstummte jedoch, als sie ihm einen tödlichen Blick zu warf.

Sie setzte an und trank.

Karl sah, wie Michael und Julia, mit Gläsern in der Hand, aus der Küche kamen. Sie waren eng umschlungen und sie streichelte ihm über den Rücken.

Das sollte Eva am besten nicht sehen. Er wandte sich zu ihr um, doch sie hatte die beiden schon bemerkt. Sie stellte ihr Glas auf den Tisch und ging in den Flur. Karl versuchte sie festzuhalten, doch sie schüttelte seine Hand ab. Das konnte nicht gut enden.

»Hallo Michael. Wer ist denn deine neue Freundin?«, fragte Eva.

Karl schloss die Augen. Es war, als ob man einen Autounfall beim Passieren zusah und nichts machen konnte.

»Eva, das ist Julia. Meine neue - Mitbewohnerin.«

»Du musst Eva sein! Dann habe ich es dir zu verdanken, zu dieser Zeit doch noch ein Zimmer in der Stadt gefunden zu haben. Vielen Dank dafür.«

Karl verzog das Gesicht. Das hatte gesessen.

»Ja, was für ein Glück für dich.«

Karl öffnete die Augen und ging rasch in den Flur, bevor es weiter eskalieren konnte. Eva und Julia hatten sich die Hand gegeben und schienen ihn einem stummen Wettstreit versunken, wer die andere Hand wohl stärker quetschen konnte.

»Hey, wollt ihr noch was trinken?«

Die beiden ließen ihre Hände los.

Julia reichte Karl ihr Glas.

»Sehr gern! Du musst eine gute Elternstube gehabt haben.« Sie warf Eva einen Blick zu.

»Miststück!«, schrie Eva und warf sich nach vorn, die Hände ausgestreckt. Julia packte sie am Handgelenk und nutze den Schwung, um Eva den Arm auf den Rücken zu drehen. Dabei stellte sie ihr ein Bein. Eva landete hart mit den Knien auf dem Fußboden. Julia beugte sich zu ihr herunter. Eva versuchte sich aus dem Griff zu winden, doch er war zu fest.

»Michael ist jetzt meins. Du hast ihn aufgegeben. Halt dich von ihm fern, sonst wirst du es bereuen«, konnte Karl Julia zu Eva flüstern hören. Sie zog noch einmal an Evas Handgelenk, so dass Eva vor Schmerz das Gesicht verzog, dann ließ sie los.

»Lass uns von hier verschwinden, die Party langweilt mich«, sagte Julia zu Michael, der ihren Mantel schnappte. Die beiden verließen schnell die Wohnung. Michael winkte Karl zum Abschied kurz zu und machte eine entschuldigende Miene.

Eva hockte starr vor Schock am Boden. Sie schaute auf. Tränen standen ihr in den Augen. Er hockte sich zu ihr hin und nahm sie in den Arm.

»Du hast Besseres verdient«, flüsterte er ihr zu.

»Natürlich hab ich das!«

Karl zuckte bei der Lautstärke zusammen.

Eva rappelte sich auf.

»Die Party ist vorbei!«, rief sie in die Küche. Sie ergriff Karl am Arm und zog ihn in ihr Schlafzimmer.

10. Julia

Michael riss die Wohnungstür auf und zog Julia mit hinein.

»Das war großartig. Hast du ihr Gesicht gesehen? Ich weiß, man sollte sich nicht so über das Leid anderer freuen, aber das war einfach -«

Er starrte Julia an. Sie setzte ihr bestes Lächeln auf. Das hatte besser geklappt als erwartet.

»Das habe ich gut hingekriegt, oder?«, fragte sie. Michael nickte. Gleich hätte sie ihn so weit.

»Dann habe ich auch eine Belohnung verdient, oder?«, fragte sie und versuchte dabei so viel Unschuld wie möglich in ihre Stimme zu legen.

»Was schwebt dir vor?«

Mit einem Schritt schloss sie die Distanz zwischen sich und Michael. Sie umgriff seinen Kopf und zog ihn herunter. Ihre Lippen berührten die seinen.

»Ich hab da so einige Ideen.«

Michael grinste sie an. Sie fingen an, sich die Klamotten vom Leib zu reißen.

11. Eva

Eva öffnete die Augen und blinzelte gegen die Helligkeit an. Ihr Kopf dröhnte. Ein Gewicht lag auf ihrer Brust und umklammerte sie. Ein Arm. Was -

»Oh nein«, stöhnte sie und drehte sich zu Karl um. Er öffnete die Augen und lächelte sie an. Er sah ziemlich zersaust aus. Seine Haare standen ab, Lippenstift klebte ihm am Hals und am Oberkörper. Evas Lippenstift.

»Haben wir? - Wir haben -«

Ihr wurde ein bisschen schlecht. Sie sprang vom Bett auf und schwankte, ihr Magen rebellierte. Sie war nackt - sie schaute sich panisch nach ihren Klamotten um, die verstreut auf dem Boden lagen.

»Nein, nein, nein! Karl, es tut mir so leid!«

Karl starrte sie mit offenem Mund an.

»Bei mir musst du dich nicht entschuldigen«, sagte er.

»Du hast recht, du hattest Sex, du solltest dankbar sein!«

Er seufzte und schüttelte den Kopf.

Hat der Kerl denn gar keinen Kater?, dachte Eva und stürzte auf die Toilette.

12. Julia

Das Handy knackte, als Julia die Rückseite wieder einsetzte. Sie schaute auf und hoffte, dass Michael es nicht gehört hatte.

Sie überflog noch mal den geöffneten an Michael adressierten Brief und legte ihn auf das Frühstückstablett.

Sie steckte das Handy in die Hosentasche, nahm das Tablett und ging ins Schlafzimmer.

Michael lag nackt auf dem Bett, nur teilweise von einer Decke bedeckt. Er hatte die Augen geschlossen, ein zufriedenes Lächeln auf den Lippen und die Hände hinter dem Kopf verschränk.

Mit einem Fuß schob sie die Kiste mit Michaels alter Campingausrüstung unters Bett, die noch im Raum gestanden hatte. Er könnte etwas ordentlicher sein …

Julia stellte das Frühstück ab und legte das Handy zurück auf den Nachttisch. Dann gab sie Michael einen Kuss auf die Wange.

»Guten Morgen«, sagte sie. Er öffnete die Augen und schaute sie an.

»Dir auch - Frühstück im Bett? Ich glaub, ich bin im Himmel.«

Noch nicht, dachte sich Julia.

Er nahm das Tablett und starrte auf den geöffneten Brief.

»Hast du meine Post geöffnet?«

»Lies ihn dir durch.« Sie setzte ihr verführerischstes Lächeln auf.

Er nahm den Brief aus dem Umschlag. Seine Augen weiteten sich immer mehr beim Lesen.

»Sie wollen ein Treffen mit mir! Ihnen gefällt meine Musik! - Wo ist mein Handy? Ich muss gleich einen Termin ausmachen!«

Julia reichte ihm sein Handy vom Nachttisch.

»Das muss gefeiert werden«, sagte sie.

»Und wie!«

»Ich weiß auch schon wie.«

Während Michael den Brief anschaute und eine Nummer abtippte, schob Julia die Bettdecke beiseite.

Michael hielt sein Handy ans Ohr, während Julia seine Beine küsste. Das würde ein Spaß werden.

»Michael Stock hier. Sie haben mir - einen Brief geschickt, nach dem sie nach einem Termin fragen.«

Sie nahm seinen Schwanz in den Mund.

Er schloss die Augen. Sie konnte spüren, wie er versuchte, sich zusammenzureißen - doch er wurde hart.

»Ja - heute würde mir sehr gut passen. Dreizehn Uhr? Klingt - groaaaaßartig. Vielen Dank!«

Er legte auf und stöhnte.

»Du bist der Teufel!«

Julia schaute auf und leckte sich über die Lippen.

»Irgendwer muss doch aufpassen, dass du nicht zu christlich wirst. Mindestens eine Sünde am Tag.« Sie lächelte, dann nahm sie ihn wieder in den Mund.

Julia band Michael die Krawatte um.

Sie hatte vom Bett aus nicht mit ansehen können, wie er sich damit abmühte.

»So kannst du rausgehen«, sagte sie, als sie fertig war.

»Danke«, sagte er und drückte ihr einen Kuss auf den Mund. Er zog sich sein Sakko an.

»Ich kann gar nicht glauben, dass das alles so schnell geht.«

»Keine Sorge, du schaffst das schon.«

Er ging zur Tür.

»Warte!«, rief sie und reichte ihm sein Koffer.

»Hätt ich fast vergessen«, sagte er mit einem verschmitzten Grinsen und küsste sie. Er wollte gar nicht mehr aufhören. »Jetzt geh!«, sagte sie und schob ihn aus der Wohnungstür. Endlich allein.

Sie ging in ihr Zimmer, zog sich Plastikhandschuhe an und öffnete Evas Kisten. Sie nahm die Aktenordner heraus und las sie gründlicher durch.

Sie war von ihrem Adoptivvater misshandelt worden.

»Autsch«, entfuhr es Julia, als sie die gerichtsmedizinischen Akten las, die unzählige Narben auf Evas Rücken zeigten, die von glühenden Zigaretten verursacht worden waren. An Evas Stelle hätte sie den Mistkerl auch umgebracht.

Sie blätterte weiter durch die Akten. Wenn sie Eva früher getroffen hätte, hätte sie sie vielleicht zum Lehrer gebracht. Aber Eva hatte sich in die normale Gesellschaft wieder integriert. Die Akten waren alle schon mindestens fünf Jahre alt.

Sie schloss sie wieder und legte sie sorgfältig zurück. Sie waren zwar interessant, aber der Plan, der sich langsam in ihrem Kopf formte, brauchte Eva nicht. Michael sollte sich selbst umbringen und nicht von seiner irren Exfreundin umgebracht werden. Das hatte zwar seinen Charme, aber wäre ungleich komplexer.

Sie verschloss die Kisten wieder. Sie hatte noch einiges zu tun. Michael würde rund dreißig Minuten hin und wieder zurück brauchen. Wie lang das Meeting dauern würde, hatte er nicht sagen können.

Sie ging zum Staubsauger und öffnete ihn. Sie entfernte den halbleeren Staubsaugerbeutel und deponierte ihn in ihrem Zimmer. Sie legte einen neuen Beutel ein und fing an, gründlich die Wohnung zu säubern. In einer sauberen Wohnung war es leichter zu sehen, ob man aus Versehen Spuren hinterlassen hatte. Sie arbeitete sich durch die

Zimmer, bis ins Schlafzimmer, wo sie sich Michaels Laptop schnappte und ihn anschaltete.

Julia schüttelte erstaunt den Kopf. Er hatte nicht Mal ein Passwort eingerichtet, um sich zu schützen. Wie vertrauensselig einige Leute doch waren. Es machte die Arbeit einfacher.

Sie öffnete den Webbrowser. Zu ihrem Glück waren die Passwörter für seine ganzen Dienste gespeichert.

Sie loggte sich ein und überflog seine E-Mails. Viel Spam, nichts wirklich Wichtiges. Leider nichts, was so aussah, als ob sie es verwenden könnte.

Sie öffnete Facebook und war direkt eingeloggt. Michael nutze nicht mal die simpelsten Sicherheitsvorkehrungen. Sie klickte sich durch seine Freundesliste und schaute sich die Seiten von Karl und Eva an. Er hatte seine Ex noch nicht aus der Freundesliste geworfen. Er hatte aber auch die Trennung gewonnen. Dafür hatte sie gesorgt. Sie schloss die Seite wieder und schaute den Verlauf der besuchten Websites an.

Er ging ziemlich oft auf Pornoseiten. Sie schaute sich die Videos der letzten Tage an. Bondage, Frauen, die mit Strap-Ons Männer beglückten, Shemales, Gangbangs und alles zusammen.

Interessante Vorlieben.

Damit konnte sie arbeiten.

Sie schloss die Seiten wieder und schaute nochmal in seinen Facebook-Account. Dann schaute sie, welche Logindaten noch gesichert waren. Die von Eva waren eingespeichert. Sie loggte sich in Evas Account ein. Es gab eine Aktualisierung von ihr.

TRAINING

Als Ort war das Dojo angegeben, das hier um die Ecke war.

40

Das wollte Julia sich mal anschauen. Sie fuhr den Laptop herunter und stellte ihn an seinen alten Platz zurück. Michael hätte es wahrscheinlich nicht einmal bemerkt, aber Vorsicht ist besser als Nachsicht.

Sie schnappte sich ihre Sportsachen, schrieb Michael noch eine Nachricht, dass sie beim Sport war, falls er vor ihr zurückkam, und verließ die Wohnung.

13. Eva

Die Schläge krachten gegen den Boxsack, als Eva immer wieder zuschlug. Schweiß rann ihr die Stirn herunter. Jedes Mal, wenn sie ausholte, stellte sie sich Michael oder diese kleine, dreckige Schlampe vor, die er sich geangelt hatte.

»Mistkerl!«, zischte sie.

BAMM!

»Dreckssack!«

BAMM!

»Schlampe!«

BAMM!

Sie keuchte schwer und stützte die Hände auf die Knie, um Luft zu holen. Jetzt ging es ihr etwas besser.

»Und hier trainieren wir. Es ist klein, aber fein. Wir haben unterschiedliche Kurse, für Anfänger und Fortgeschrittene. Einzel- und freies Training ist natürlich auch möglich. Man muss sich aber dafür eintragen, weil, wie gesagt, relativ wenig Platz ist.«

Henry, der Trainer, führte jemanden Neues ein. Es gab doch schon so viele, die hier trainierten! Sie bekam kaum alle Trainingstermine, die sie wollte! Das war vor allem nervig, weil Karls Wohnung weiter weg war.

»Also mir gefällt es. Erinnert mich etwas an mein altes Studio.«

Diese Stimme - Eva wirbelte herum. Dieses Miststück. Sie stürmte auf Julia zu.

»Was hast du hier zu suchen?«

»Oh, Michael hat mir dieses Dojo empfohlen. Ich wollte es mir mal anschauen.«

Eva ballte die Hände zu Fäusten. Dieser Mistkerl! Diese Schlampe -

42

»Du hast hier nichts verloren!«

»Sagt wer?«, sagte Julia in ruhigem Tonfall.

»Ich!« Eva machte einen Schritt auf Julia zu.

Henry stellte sich ihr in den Weg.

»Hey, hey, hey! Ladys, wenn ihr kämpfen wollt, dann nur im Ring!«

»Kann mir nur recht sein«, sagte Julia.

Die Gelassenheit in ihrer Stimme würde Eva ihr schon herausprügeln.

»Mir auch«, sagte sie.

Der Trainer schaute beide an und grinste.

»Das nenn ich Kampfgeist. Wir haben einen Kampf!«, das Letzte rief er laut ins ganze Dojo hinein.

Eva stand Julia gegenüber, die Fäuste erhoben.

»Es gelten die einfachen Boxregeln. Wenn ich unterbreche, dann hat jeder sofort in seine Ecke zu gehen, ist das klar?«

Julia nickte, Eva starrte sie an und nickte kurz.

»Okay - kämpft!«

Eva stürmte nach vorn und schlug zu, mit aller Kraft, links, rechts, links, rechts. Julia blockte die Schläge, setzte einen Konter. Eva spürte den Schlag kaum. Sie schlug weiter zu. Doch Julia blockte alle Schläge mühelos ab.

Wie kann das Miststück auch noch so gut im Boxen sein?

»Na warte«, zischte Eva und sprang vorwärts. Sie rammte ihre Schultern gegen Julia, die das Gleichgewicht verlor und zu Boden ging. Eva stürzte sich auf sie und schlug zu, nochmal und nochmal!

»Das reicht!« Jemand zerrte sie von Julia herunter. Eva schlug um sich, bis sie bemerkte, dass es Henry war.

Das Miststück lag am Boden und - lachte! Eva stürzte sich nach vorn, doch Henry hielt sie fest.

»Ruhig!«

Julia rappelte sich auf.

»Ich mag dich!«, sagte sie und stieg aus dem Ring.

14. Michael

Michael ließ sich auf das Sofa fallen. Das Vorsprechen bei New Christian Rock Records hatte länger gedauert. Sie hatten so viele Fragen gehabt.

Er schaute auf das Essen, dass Julia vorbereitet hatte. Salat, Würstchen ...

Julia kam ins Wohnzimmer. Sie trug dicke Ofenhandschuhe und hielt eine Auflaufform, die sie auf dem Tisch abstellte.

Michael starrte sie an. Sie hatte ein blaues Auge und ihre Oberarme sahen malträtiert aus.

»Wo hast du das denn her?«

»Ich war heut beim Training, bin wohl etwas eingerostet. Sag mal, warum ist Eva eigentlich so gewalttätig?«

»Wie auf der Party? - Du hast dich mit Eva geprügelt?«

Julia nickte.

»Sie war auch im Dojo, als ich trainieren wollte. Und eins führte zum anderen.«

Michael seufzte. Die Vorstellung, dass sich zwei Frauen wegen ihm prügelten, war sehr angenehm, aber er verabscheute Gewalt.

»Also, woher kommt ihre Aggression?«, bohrte Julia nach.

»Wegen ihrer Familie. Ihr Vater -« Michael stoppte.

»Ich glaube, das ist nicht meine Geschichte zum Erzählen.«

»Ich versteh schon. Wie war das Vorsingen?«

Julia ist so verständnisvoll. Eva wäre ausgerastet, hätte ich ihr nicht alles erzählt.

»Großartig! Sie wollen mich unter Vertrag nehmen. Das einzig Doofe ist eine Imageklausel. In der Öffentlichkeit muss ich rein wie ein frisch gewaschener Engelspopo wirken. Keine Sexeskapaden, kein ständiger Wechsel der

Freundin ... christlicher Rockstar zu sein scheint relativ dröge. Wenigstens verlangen sie nicht, dass ich verheiratet sein muss!«

Michael spürte Julias Hand an seinem Bein entlangfahren.

»Wir sorgen einfach dafür, dass sie nichts davon mitbekommen.«

»Das klingt nach einem Plan.«

Michael ergriff Julias Hand und zog sie zu sich ran. Seine Lippen berührten die ihren. Sie schmeckte gut, nach Kirsche.

»Sag mal«, sagte sie, als sie sich wieder voneinander lösten, »Gibt es eigentlich etwas, das du mal ausprobieren möchtest?«

»Inwiefern?«

»Im Bett - oder vielleicht gar nicht im Bett?«

»Ich weiß nicht«, sagte er. Es gab schon ein paar Sachen, die er gern mit Julia ausprobieren würde. Aber er wollte sie nicht verschrecken.

»Hast du denn bestimmte Vorstellungen?«

Sie wirkte etwas unschlüssig. Wurde sie etwa Rot? Michael versuchte, ein Grinsen zu unterdrücken.

»Ich - ich habe da so ein paar Ideen«, sagte sie. Sie beugte sich vor und flüsterte ihm ins Ohr: »Ich wollte schon immer mal zu einem Gangbang. Mehrere Männer, mehrere Frauen, Partnertausch - bitte lass dich nicht abschrecken, wenn du das nicht willst, habe ich vollstes Verständnis dafür. Auch wollte ich schon immer mal einen Mann dominieren, hart rannehmen. - Vielleicht mit einem Umschnalldildo.«

Sie lehnte sich zurück, schaute beschämt, aber auch irgendwie erleichtert aus.

Michael schluckte. Hatte er die perfekte Frau gefunden?

Ihre Hand wanderte seinen Schritt entlang.

46

»Das klingt alles sehr - interessant. Wenn du willst, können, denke ich, können wir das Mal probieren.«
Ein Lächeln breitete sich auf ihrem Gesicht aus.
»Sehr schön! Ich wusste doch gleich, dass wir uns gut verstehen werden!«
Sie sprang auf ihn rauf und küsste ihn.

15. Karl

Karl saß Eva gegenüber am Küchentisch. Er versuchte, sich seine Genervtheit nicht anmerken zu lassen.

»Du bist wirklich sicher, dass du ihn treffen willst?«

»Ja, bitte«, sagte Eva.

»Und ihm wirklich erzählen, was passiert ist? Zwischen uns?«

»Ich muss! Ich kann nicht, Karl! Ich liebe ihn noch. Die Nacht mit dir war -«

»Betrunken und sicherlich nicht der Höhepunkt meiner Kunst.«

Eva kicherte.

»Mach dir keine Sorgen deswegen. Die Nacht war großartig. Ich wünschte, Michael wäre mehr wie du.«

Karl verzog das Gesicht.

Ich bin mehr wie ich. Warum reicht dir das nicht?

»Ich muss - ich muss es einfach nochmal mit ihm versuchen, uns eine Chance geben.«

Karl seufzte. Sie war nicht umzustimmen.

Er wählte Michaels Festnetznummer und stellte das Telefon auf Lautsprecher, damit Eva mithören konnte.

Eine Frauenstimme antwortete.

»Hier bei Stock.«

»Hey, hier ist Karl. Ich wollte eigentlich mit Micha sprechen.«

»Hi Karl! Hier ist Julia. Micha ist gerade nicht da. Soll ich ihm was ausrichten?«

»Ich wollte ihn fragen, ob er heut Abend vielleicht Lust auf ne Männerrunde hat.«

»Ich kann es ihm ausrichten, aber heute wird er keine Zeit haben, das kann ich jetzt schon sagen. Ciao!«

Sie legte auf und Karl starrte auf das Handy.

»Was war denn das?«, fragte Eva und fasste so Karls Gedankengang zusammen.

»Das gibts doch nicht. Jetzt macht sie für ihn auch noch die Sekretärin oder was? Ruf ihn auf seinem Handy an!«

Karl schaute Eva an.

»Na los!«, befahl sie.

Karl kapitulierte. Er nahm sein Handy und wählte Michaels Handynummer.

»Hey Micha!«

»Hey Karl, wie gehts? Deine Party war toll!«

»Ja, fand ich auch. Du sag mal, wo bist du grad?«

»Bin gleich zu Hause, wart mal kurz, muss den Schlüssel rausholen.«

Karl wartete, während er aus dem Lautsprecher hörte, wie Michael nach seinem Schlüssel kramte.

»Hey, da bin ich wieder, was gibt es denn?«

»Hast du heut Abend schon was vor? Weil, ich hab bei dir zu Hause angerufen und Julia meinte, du hast heut keine Zeit.«

»Ach ja?«

Karl hörte, wie Michael durch seine Wohnung ging.

»Hey, hast du Karl abgewimmelt? Soweit ich weiß, hab ich heut Abend nichts vor.«

Karl sah zu Eva, die auf das Handy starrte.

Julia antwortete etwas. Sie konnten es jedoch nicht verstehen. Nach einer kurzen Weile sagte Michael: »Karl, heute kann ich nicht. Ich ruf dich zurück, okay?«

Michael legte auf.

Eva starrte Karl an.

»Ich fass es nicht! Diese Frau kontrolliert sein Leben nach nur einer Woche!«

»Ich glaube nicht, dass es das ist.«

»Aber je mehr Zeit er mit ihr verbringt, desto eher ...«

Gleich würde sie weinen. Karl ging um den Küchentisch herum und nahm sie in den Arm.

»Keine Sorge, wenn er so blöd ist, dich für dieses schwarzhaarige Flittchen einzutauschen, dann hat er dich nicht verdient.«

Tränen fielen auf seinen Arm. Er tätschelte ihren Kopf. Als sie ihn gefragt hatte, ob sie bei ihm unterkommen konnte, hatte er sich das irgendwie anders vorgestellt.

16. Julia

Michael hatte den Flyer, den Julia ihm in die Hand gedrückt hatte, als Karl angerufen hatte, nicht mehr aus der Hand gelegt. Es war eine Einladung zu *Rosalies dominanter Gangbang-Party. Jeden ersten Mittwoch im Monat!*

Sie standen in einem gewöhnlichen Treppenhaus vor einer normal aussehenden Wohnungstür. Michael spielte mit dem Flyer rum und zerknitterte ihn noch mehr.

»Keine Sorge. Es gibt ein absolutes Foto- und Filmverbot. Die Adresse steht für höchste Diskretion. Nichts hier wird rauskommen und deinen Vertrag gefährden.«

Sie legte ihre Hand auf seinen Hintern und kniff hinein.

»Wund wir wissen doch, du willst es erleben. Schau, was ich dabei hab!«

Sie öffnete ihre Tasche und zeigte ihm ein Umschnalldildo. Die Unsicherheit in Michaels Blick verschwand. Er drückte die Klingel.

Eine fast nackte, junge, maskierte Frau öffnete die Tür.

»Ich bin Rosalie, kommt herein«, sagte sie.

Julia griff in ihre Handtasche und reichte ihr einen Umschlag. Rosalie schaute hinein und nickte.

»Gut gut. Ihr könnt euch dort in Ruhe ausziehen und eure Sachen verstauen. Getränke und Snacks gibt es in der Küche, die meiste Action ist im Moment im Wohnzimmer, wenn ihr es zwischenzeitlich etwas privater wollt, gibt es drei Schlafzimmer.«

Sie führte die beiden in ein Nebenzimmer, das wie eine Umkleidekabine aussah.

»Ich freu mich schon auf euch beide«, sagte Rosalie und verließ das Zimmer.

»Na das nenn ich mal eine Begrüßung«, sagte Michael und schaute Rosalie hinterher.

Zum Glück war Julia nicht der eifersüchtige Typ. Sie fing an, sich auszuziehen. Michael war schneller.

»Brauchst du Hilfe?«, fragte er.

Julia lachte.

»Geh du schon mal vor. Ich mach mich noch etwas frisch.«

Michael verdrehte die Augen.

»Frauen! Hier gehts ums Nacktsein und Ficken! Da wird dir ganz von allein frisch!«

Julia grinste und holte den Umschnalldildo aus ihrer Tasche.

»Bis gleich«, sagte Michael, drückte ihr einen Kuss auf die Lippen und ging aus dem Zimmer. Er war schon erregt.

Julia zog aus ihrer Tasche eine kleine Handtasche, gefüllt mit Kondomen, Gleitcreme und einer kleinen, versteckten Kamera, hervor. Sie schaltete sie an und folgte Michael in die Wohnung.

17. Michael

Julia kuschelte sich enger an Michael. Ihre Haare kitzelten in seiner Nase.

»Das war ein großartiger Abend. Ich weiß nicht wie, aber du scheinst mich zu verstehen, meine innersten Wünsche zu erraten, ohne, dass ich sie aussprechen muss«, sagte Michael und streichelte über ihre Brüste. Sie war einfach perfekt.

»Ja, ich hab das Gefühl, wir wären - lach bitte nicht, auch wenn es kitschig klingt - seelenverwandt. Wir kennen uns kaum zwei Wochen und ich habe das Gefühl, dass ich dir alles anvertrauen kann.«

Michael schaute sie an.

»Was zum Beispiel?«

Sie drehte sich in seinen Armen und schaute zu ihm auf.

»Ich - ich hab dir doch von dem Lehrer erzählt.«

Michael nickte.

»Ich habe es bisher noch niemanden erzählt. - Wir hatten eine Affäre.«

»Mit einem Lehrer von der Schule? Respekt!«

»Siehst du, du verstehst mich. Alle anderen würden mich verurteilen oder mich als Opfer sehen, aber - ich - es war Spaß, es war toll und es war verboten. Was will man mehr? Er hat mich so verdorben, wie ich heute bin.«

Julia kuschelte sich enger an ihn heran, ihre Hand in seinem Schritt.

»Das war mein tiefstes Geheimnis. Was ist deins? Wovor hast du Angst? Dass du ein reicher, berühmter Rockstar werden willst, das weiß ich ja schon.«

Michael überlegte. Das war eine Frage, über die er selten nachdachte.

»Angst? Angst - ich glaube - ich glaube, ich habe Angst davor zu sterben, ohne einen Eindruck zu hinterlassen. Wenn ich sterbe, will ich, dass die Nachwelt noch was von mir hat. Etwas, zu dem sie aufschauen kann. Meine Musik soll das erreichen. Ich will unsterblich werden, durch die Musik!«

Julia küsste ihn.

»Du bist so visionär!«

Michael ließ sich erschöpft und verschwitzt ins Bett zurücksinken. Julia saß auf ihm. Schweiß glänzte auf ihren nackten Brüsten.

Es war eine Woche vergangen, seit sie bei dem Gangbang gewesen waren und seit dem war es mit Julia immer besser geworden. Sie verwöhnte ihn, nicht nur im Bett. Und sie hatte sich sogar auf seine Bitte hin ein Domina-Latex-Anzug inklusive einer Reitgerte besorgt - er war mit ihr im siebten Himmel.

Ein Klingeln riss ihm aus seinen Gedanken. Er verdrehte die Augen und griff nach dem Handy.

»Stock hier«, sagte er.

»Hey, Micha, ich bins, Karl. Hast du heut Abend vielleicht Zeit für nen Männerabend?«

»Wart mal kurz.«

Michael nahm das Handy vom Ohr und bedeckte das Mikrofon mit der Hand.

»Kann ich mich heut Abend mit Karl zu nem Männerabend treffen?«

»Klar, warum nicht? Habt Spaß heut Abend.«

Michael hob das Handy wieder ans Ohr.

»Heut Abend geht klar.«

»Es geht um neunzehn Uhr los.«

»Super, ich komm dann vorbei. Bis dann!«

Michael legte auf und das Handy wieder weg.

»Wo waren wir stehen geblieben?«

Er griff nach ihren Brüsten.

Es klingelte an der Wohnungstür.

»Wer kann das denn jetzt schon wieder sein?«

»Ich weiß nicht«, sagte Julia und machte Anstalten aufzustehen. Michael hielt sie fest.

»So gehst du nicht an die Wohnungstür.«

Es klingelte wieder.

»Ich komm ja schon!«, rief er und stand vom Bett auf. Er warf sich einen Bademantel über und ging zur Wohnungstür.

Ein Bote stand vor der Tür und wollte von Michael eine Unterschrift. Dann überreicht er ihm einen großen Umschlag.

Michael bedankte sich beim Boten, ging mit dem Umschlag in der Hand zurück ins Schlafzimmer und riss ihn auf.

Es war -

»Mein Vertrag! Endlich!«

»Das ist großartig. Das werden wir feiern!«

Julia war aufgesprungen und bei ihm.

»Ach verdammt, ich wollte heut Abend zu Karl. Ich werde ihm absagen.«

Er griff nach seinem Handy, doch Julia hielt ihn zurück.

»Mach kein Blödsinn. Treff dich mit deinen Kumpels. Wir können feiern, wenn du zurückkommst.«

»Du bist die Beste«, sagte Michael und warf den Vertrag auf den Nachttisch, »Jetzt haben wir aber noch etwas Zeit.«

Er umfasste mit beiden Händen ihren perfekten Hintern und trug sie zum Bett.

18. Karl

Karl drückte Axel fünfhundert Euro in die Hand und nahm einen Beutel Gras und eine Tüte Pillen entgegen.

»Dein Haustürservice ist echt genial.«

»Bei guten Kunden doch immer. Ich mach weiter, feiert gut.«

»Machs gut.«

Karl schloss die Tür, nahm die Beutel und verstaute sie im Schlafzimmer, dann ging er in die Küche.

Michael saß am Küchentisch.

»Sorry, musste noch was Geschäftliches erledigen. Endlich schaffen wir es mal, uns wieder zu treffen«, sagte Karl.

»Deine Party war doch grad mal vor ein paar Wochen.«

»Hab dich eben vermisst. Und da bin ich nicht der Einzige.«

Karl schaute zu Tür. Er hatte versucht, es Eva auszureden, aber sie wollte es unbedingt durchziehen. Sie kam in die Küche.

»Hi Micha«, sagte sie.

»Was willst du denn hier?«

»Ich möchte mich entschuldigen. Ich war zu hart zu dir -«

»Gut«, Michael verschränkte die Arme.

»Und ich möchte, dass wir wieder zusammenkommen.«

Michael sah aus, als ob er loslachen wollte, doch er riss sich zusammen. Dafür war Karl dankbar. Einen neuen Streit wollte er nicht haben.

»Das wird nicht passieren«, sagte Michael, »Es tut mir leid, aber ich bin glücklich mit Julia. So glücklich, wie wir beide zusammen nie waren.«

»Wie kannst - wie kannst du?« Eva hatte die Hände zu Fäusten geballt.

Michael stand auf.

»Es ist vielleicht besser, wenn ich gehe. Eva, es tut mir leid. Ich kann dir nicht geben, was du brauchst. Tschüss Karl, wir sollten mal einen richtigen Männerabend machen.«

»Auf alle Fälle.«

Michael verließ die Küche und Karl hörte, wie die Wohnungstür ins Schloss fiel.

Eva stand noch immer sprachlos da.

»Dieses - dieses Arschloch!«

Karl zuckte zusammen, als sie auf den Küchentisch schlug. Tränen liefen ihr die Wangen herunter.

»Lieber ein Ende mit Schrecken, als ein Schrecken ohne Ende«, versuchte Karl sie aufzumuntern. Doch als die Worte seinen Mund verließen, klangen sie irgendwie hohl.

Eva starrte ihn an.

»Okay, okay! Keine Binsenweisheiten! - Vorschlag, ich bau uns was zum Entspannen.«

Er ging ins Schlafzimmer und holte etwas Gras aus dem frisch gekauften Beutel. Er ließ sich wieder an den Küchentisch fallen und baute einen Joint. Er reichte ihn Eva. Sie zündete ihn an und inhalierte kräftig.

Er stellt sich zu ihr und nahm sie in den Arm, dann nahm er den Joint und zog selbst.

Eva schaute zu ihm auf.

»Du warst immer so gut zu mir«, sagte sie. Sie lächelte.

Karl entschied sich. Er beugte sich hinunter und küsste Eva. Sie erwiderte - erst zaghaft - dann wurde sie immer leidenschaftlicher.

Plötzlich stand sie auf und ging zur Tür. Sie drehte sich um.

»Kommst du?«

»Ja - gleich. Geh schon mal vor.«

Sie grinste und verschwand in ihr Schlafzimmer.

Karl ging an den Küchenschrank, in dem er einige Medikamente aufbewahrte, und nahm eine Packung Afrodiaxa heraus. Er füllte ein Glas mit Wasser, schluckte eine Pille und spülte sie herunter.

Jetzt war er bereit. Er würde Eva die Nacht ihres Lebens bereiten und an Michael würde sie nie wieder einen Gedanken verschwenden.

19. Julia

Julia saß vor Michaels Laptop, daneben hatte sie ihren aufgeklappt. Sie konnte Michael und Karls Gespräch über die Lautsprecher hören. Michaels Handy zu verwanzen war eine gute Idee gewesen.

Sie nahm die kleine Kamera aus ihrer Handtasche und schloss sie an Michaels Computer an. Der fragte, ob die Dateien mit dem Cloudserver synchronisiert werden sollten.

Cloudserver?

Den hatte Julia noch nicht durchsucht.

Erstmal schaute sie sich das Video an, dass sie bei Rosalie aufgenommen hatte. Es war gut geworden. Michael war gut zu erkennen, vorn übergebeugt, während Julia hinter ihm mit dem Umschnalldildo stand. Im Hintergrund waren andere beim Sex zu sehen.

Es würde seinen Zweck erfüllen.

Sie öffnete den Cloudserver. Dort lagen auch Videodateien. Sie öffnete eines. Es war ein Urlaubsvideo von Eva und Michael, irgendwo am Meer. Sie schloss es wieder. Ihr Blick fiel auf einen Ordner, der PRIVAT hieß. Sie öffnete ihn. Er enthielt ein Video. Sie öffnete es.

»Jaa«, stöhnte Eva in die Kamera, während ein Schwanz in sie eindrang.

»Gib her!«, sagte Eva, nahm die Kamera und filmte Michael, der auf ihr war und bei jedem Stoß das Gesicht merkwürdig verzog, so wie Julia es auch kannte.

Sie stoppte das Video und zog ihre Kamera ab. Das würde noch besser funktionieren, als das von ihr aufgenommene Video.

Sie hörte aus den Lautsprechern, wie Michael gerade Karls Wohnung verließ. Sie hatte nicht mehr viel Zeit.

Sie öffnete Michaels E-Mail-Programm und hängte das Video von Eva und Michael an. Als Empfänger wählte sie *New Christian Rock Records.* Sie schrieb: *Hier das Video von uns beiden, ich hoffe, du hattest genauso viel Spaß wie ich. Dein Rockstar.*

Sie sandte es ab.

20. Michael

Michael öffnete die Wohnungstür. Er fühlte sich befreit. Eva hatte ihn überrascht, aber das hatte ihm die Augen geöffnet. Er wollte Julia. Sie war die Richtige für ihn.

»Schon so früh zurück?«, sagte sie, als sie aus dem Wohnzimmer kam.

»Wie war der Männerabend?«

»Der war nur ein Vorwand. Eva wollte mich sehen.«

Julias Gesicht verfinsterte sich.

»Keine Sorge, ich hab ihr klar gemacht, dass zwischen uns nichts mehr läuft, und bin gegangen.«

Er ging auf Julia zu und nahm ihren Kopf in seine Hände. Ihre Haut war warm.

»Ich liebe nur dich«, sagte er und küsste sie.

Er nahm sie an die Hand und zog sie zum Schlafzimmer. Er wollte sie jetzt haben. Doch auf dem Bett lag schon etwas.

»Was ist das?«, fragte Michael und glotzte auf den Riesendildo. Daneben lag ein kleines Fläschchen, das er nicht zuordnen konnte.

»Eine weitere Überraschung für dich.«

Julia nahm eine kleine blaue Pille und ein Glas Wasser vom Nachttisch und legte die Pille in Michaels Mund. Er nahm das Wasser und spülte die Pille herunter. War das Viagra?

»Der ist ganz schön groß. Ich weiß nicht ...«

Michaels Blick hing an dem Riesendildo. Er war groß und Lila - dicker als sein Unterarm.

»Für den ist das da.«

Sie reichte ihm das kleine Fläschchen, auf dem Nachttisch standen weitere.

»Das entspannt dich und nimmt die Schmerzen. Du musst es inhalieren. Öffne sie, halt es an die Nase und atme tief ein.«

Er öffnete die Flasche und hielt sie gegen die Nase. Er holte tief Luft.

Seine Ohren rauschten, das Licht wurde heller.

Julia nahm seine Hand in die ihre. Die Berührung war intensiver. Michael konnte ...

»Du verlangst echt viel von mir«, sagte er glücklich, als sie ihn auf das Bett zog.

21. Eva

Eva kuschelte sich enger an Karl an und fühlte seine Arme, die er um sie gelegt hatte. Sie spürte, wie er langsam erwachte. Sie öffnete die Augen.

»Das war tatsächlich viel besser als im betrunkenen Zustand«, sagte sie. Sie war immer noch wund. So eine Ausdauer hatte sie noch nie erlebt.

Karl schmiegte sich enger an sie.

»Das hab ich dir doch gesagt«, sagte er.

Sie leckte ihn übers Gesicht, er zuckte zurück und piekste sie in die Seite. Sie quietschte auf und versucht von ihm wegzukommen, während er unerbittlich weiter kitzelte.

Er war auf ihr -

»Michael ...«, sagte sie, als ihr etwas einfiel.

Karl verdrehte die Augen.

»Nein, ich mein, wir müssen es ihm sagen.«

»Was sagen?«, fragte Karl.

»Dass wir jetzt zusammen sind.«

»Sind wir das?«, fragte er und zuckte gespielt zusammen.

Sie schlug ihn mit einem Kissen.

»Klar. Einmal ist ein Fehler, zweimal eine Beziehung.«

»Wohoho! Stopp mal! Das geht mir jetzt viel zu-«

Sie schlug ihn nochmal mit dem Kissen und Karl fing an zu lachen.

»Okay, okay! Ich geb mich geschlagen!«, sagte Karl und lachte. Das Lachen ging in ein Husten über.

»Hast du dich verschluckt?«

»Geht schon.«

»Na dann, dann kannst du ja auch endlich mal meine Sachen bei ihm abholen.«

22. Julia

Julia ging ins Schlafzimmer. Sie wollte nachsehen, wie es Michael ging. Die Nacht musste ihn ziemlich geschafft haben. Er war schon aufgestanden und hatte das Glas Wasser in der Hand, das sie ihm hingestellt hatte. Ein Aspirin löste sich darin auf. Sie grinste, als sie sah, dass sein Gang sehr unsicher war.

»Ah, endlich aufgewacht? Wie gehts dir?«

»Ich hab das Gefühl, dass ich die nächsten Tage nicht vernünftig sitzen können werde«, sagte er. Er lächelte dabei zufrieden.

»Das kommt davon, wenn man sich zu viel vornimmt.«

Er lachte.

Sein Handy klingelte. Er nahm es von dem Nachttisch und ging ran.

»Stock hier. - Ja -«, Michael wurde bleich. Er sank auf das Bett zurück.

»Aber - wie - ja, auf Wiederhören.«

Wenn es das war, was Julia dachte, dann war das schneller gegangen als erwartet.

»Mein Vertrag - er wurde - er wurde aufgelöst.«

»Was? Wieso?«

»Ein Sexvideo. Nicht das richtige Image.«

Er ballte die Hände zu Fäusten.

»Eva ...«, sagte Michael. Er sah aus, als würde er jemand ermorden wollen.

»Bitte?«

»Eva - sie und ich - wir haben ein Video gemacht - ich hätte nie gedacht, dass sie so weit gehen würde. Ich mach sie kalt!«

Er stand auf. So aggressiv hatte sie ihn noch nie erlebt. Sie musste was tun. Wenn er Eva konfrontierte ...

Sie eilte hinaus in die Küche und füllte ein neues Glas mit Wasser.

»Bist du sicher?«, rief sie ins Schlafzimmer.

Sie öffnete ihre Tiefkühlbox, holte ein kleines Fläschchen heraus und schüttete es in das Glas. Sie rührte es hastig um.

»Sonst gibt es kein Video von mir!«, rief er zurück.

Sie eilte mit dem Wasser ins Schlafzimmer.

»Okay, aber erstmal, beruhige dich, okay? Dann schauen wir, was wir machen können.«

»Ich will mich aber nicht beruhigen! Das war mein Durchbruch! Meine Zukunft!«

Julia hielt ihm das Glas hin.

»Trink das, dann sehen wir weiter.«

Michael starrte das Glas an, dann riss er es ihr aus der Hand und exte es mit einem Zug.

»Und? Was hat das jetzt gebracht? Ich bin immer noch ... immer noch ...«

Michael fing an zu torkeln. Er stolperte zurück, gegen das Bett und fiel darauf.

»Schlaf jetzt erstmal. Morgen wird es zwar auch nicht besser aussehen, aber dein Leid ist bald vorbei«, versprach sie.

»Was?«, fragte er und fiel hintenüber. Er war ohnmächtig. Julia beugte sich vor und fühlte seinen Puls.

»Nicht mehr lange und dein Leiden hat ein Ende.«

Sie gab ihm einen Kuss auf die Stirn, stand auf und verließ das Schlafzimmer. Jetzt begann die finale Phase. Das würde sie diesmal nicht versauen.

Sie ging in ihr Zimmer und holte Fesseln, die sie in einem Sexshop gekauft hatte. Der Verkäufer hatte sie angepriesen, dass sie nicht an der Haut reiben und keine Spuren hinterlassen würden.

Sie ging zurück ins Schlafzimmer und legte Michael die erste Fessel an -

Etwas stimmte nicht -

Sein Brustkorb hob und senkte sich nicht.

Sie prüfte seinen Puls. Er war tot.

»Scheiße!«, rief sie. Das konnte doch nicht wahr sein!

Sie ging vom Bett weg, fuhr sich durch die Haare. Was sollte sie jetzt machen? Sie hatte den Rest noch gar nicht vorbereitet.

Sie griff nach ihrem Handy und wählte die Nummer des Lehrers. Doch sie brachte es nicht über sich, ihn anzurufen. Sie konnte ihm nicht schon wieder sagen, dass sie versagt hatte. Und er war schon in Frankreich …

Sie legte das Handy weg.

»Scheiße, scheiße, scheiße, scheiße …«

Sie beugte sich über Michael und wollte zu einer Herzdruckmassage ansetzen, doch hielt inne.

»Was machst du da? Du darfst doch nicht solche Spuren hinterlassen!«

Sie stand wieder auf.

Sie brauchte Zeit, sie musste -

Sie musste die Leichenstarre und die Verwesung hinauszögern, seinen Todeszeitpunkt verschleiern und nach hinten verschieben.

Sie hatte eine Idee.

Sie rannte in die Küche und räumte alles aus dem Kühlschrank heraus, ging zurück ins Schlafzimmer und hievte Michael vom Bett. Sie zerrte ihn in die Küche zum Kühlschrank.

Sie versuchte ihn hineinzuheben, doch er war zu groß. Sie keuchte und versuchte seinen Körper irgendwie zusammenzufalten, so dass er hineinpasste, doch es war sinnlos. Er passte einfach nicht hinein.

66

Sie schlug die Hände über dem Kopf zusammen. Was sollte sie bloß tun? Sie musste -

Sie ging ins Schlafzimmer und zog unter dem Bett Michaels alte Campingausrüstung hervor. Sie nahm eine Luftmatratze heraus und blies sie auf.

Sie ging ins Bad und legte die Matratze in die Badewanne, ging zurück in die Küche, zog Michael ins Bad und hievte ihn auf die Matratze.

Jetzt brauchte sie noch Kühlung.

Julia betrat die Wohnung mit zwei Ikeatüten, die bis zum Rand mit Großpackungen Crushed-Ice gefüllt waren. Sie keuchte, als sie sie absetzte und kurz Luft holte. Ihre Arme schmerzten. Zum Glück hatte es das im Supermarkt gegeben, sonst hätte sie auf Speiseeis zurückgreifen müssen.

Sie brachte das Eis ins Badezimmer und verteilte es auf und unter der Leiche, dann ging sie in die Küche und räumte die Sachen zurück in den Kühlschrank.

Sie füllte sich ein Glas mit Cola. Es war warm. Sie seufzte.

Heute geht auch alles schief.

Sie ging ins Badezimmer zurück, öffnete eine der Crushed-Ice Tüten und warf Eisstücken in die Cola.

Sie ließ sich auf die Kloschüssel fallen und trank. Jetzt sollte sie genug Zeit haben, um alles vorzubereiten. Jetzt durfte nichts mehr schief gehen.

Julia zog sich Einweghandschuhe an, ging in ihr Zimmer und packte ihre Sachen ein. Dann ging sie ins Schlafzimmer, sammelte die Sexspielzeuge ein, die sie und Michael verwendet hatten und wusch sie kräftig. Sie nahm Michaels Hände und fasste mit ihnen über das Spielzeug.

Das war eine der Lektionen gewesen, die ihr Lehrer ihr eingebläut hatte. Nichts war auffälliger, als die totale Abwesenheit von Spuren. Wenn Michael sich umbringen würde, durfte die Wohnung nicht in einem blitzblanken Zustand sein, bei der es keinerlei Fingerabdrücke gab.

Dann holte sie seinen Laptop hervor und loggte sich in seinen Facebook-Account ein. Sie schrieb: *Plattenvertrag geplatzt - wieso muss das ausgerechnet mir passieren? Leben ist Scheiße!*

In der Küche holte sie aus ihrer Gefriertruhe GBL, Poppers und Viagra und stellte sie auf die Küchenanrichte. Die Truhe ließ sie erstmal stehen. Die würde sie mitnehmen, wenn sie verschwand.

Sie holte ihren Kulturbeutel und stellte sich vor den Spiegel im Bad. Sie starrte auf Michael, der in der Badewanne lag.

»Du machst mir echt Umstände.«

Sie zog den Vorhang zu.

Sie hasste es. Sie hatte seinen Tod auskosten wollen, doch stattdessen musste sie wieder improvisieren.

Sie holte Haarfärbemittel aus ihrem Kulturbeutel heraus und fing an, sich die Haare hell zu bleichen. Strähnchen für Strähnchen musste sie es tun. Es war die einzige Chance, von Schwarz weg zu kommen. Nachdem das geschafft war, färbte sie sich die Haare rot, wickelte sich ein Handtuch über den Kopf und fing an die gesamte Wohnung zu saugen und alle Oberflächen glatt zu putzen. Dann ging sie in ihr Zimmer und holte den halbleeren Staubsaugerbeutel, den sie beim Einzug sichergestellt hatte. Sie öffnete ihn und verteilte ein bisschen von den Staubfluseln in der Wohnung. Sie tauschte den halbleeren Beutel mit dem Beutel im Staubsauger aus, den sie in eine Mülltüte warf.

Julia loggte sich wieder auf Michaels Facebook-Account ein und tippte ein neues Statusupdate:

Neue Freundin hat mich verlassen - mit so einem Loser will wohl keiner zusammen sein ...

Es tat Julia ein bisschen Leid, das Michael so weinerlich rüberkam, aber er war halt selbst schuld. Was musste er auch viel zu früh sterben?

23. Karl

Karl roch an Evas Haaren, als sie sich enger an ihn kuschelte. Sie schauten einen Film, auf den er nicht besonders achtete.

Er hustete.

»Wird das immer noch nicht besser? Ich hol was von diesen Pillen«, sagte Eva und stand auf.

»Danke Schatz, du kümmerst dich in meiner großen Not so gut um mich.«

»Männer!«, Eva warf die Hände in die Luft, »Einmal Husten und schon denken sie, sie werden sterben.«

»Aber ich liege doch im Sterben!«

Er legte seine Hand auf die Brust und ließ sich auf dem Sofa fallen.

»Pfff«, sagte Eva und verließ den Raum.

Karl richtete sich wieder auf.

»Geschlagen bin ich mit einem so herzlosen Weibe!«

Eva kam mit einer Packung Pillen und einem Glas Wasser wieder. Sie las sich die Packungsbeilage durch.

»Darf nicht zusammen mit Alkohol genommen werden. Also doch kein Rotwein zum Film.«

Karl verdrehte die Augen.

»Ich bin Pharmavertreter, ich weiß, was man nehmen darf und was nicht.«

Er griff nach dem Glas Rotwein, doch Eva nahm es ihm weg und hielt ihm das Wasserglas und die Pillenpackung hin.

»Okay, okay, strenge Maid!«

Er schluckte eine Tablette und spülte sie mit dem Wasser herunter.

Sein Handy summte wieder und er holte es aus seiner Hosentasche heraus.

»Oh man, Micha scheint es echt hart zu treffen.«

Er hielt ihr das Handy hin.

»Tja, das hat er nicht anders verdient. Man hat doch sofort gesehen, dass das ein billiges Flittchen ist.«

»Ich sollte ihn mal anrufen und schauen, wie es ihm geht.«

»Von mir aus«, sagte Eva, sah aber nicht sonderlich begeistert von der Idee aus.

Karl stand auf und wählte die Nummer.

Nach mehrmaligen Klingeln ging die Mailbox ran. Er wählte die Nummer von Michaels Festnetzanschluss.

»Er geht nicht ran.«

»Er wird dich schon zurückrufen.«

Eine SMS kam auf Karls Handy an: *Will jetzt mit niemandem reden.*

24. Julia

Julia legte Michaels Handy beiseite und tippte auf Michaels Laptop den Text weiter:

Ich kann nicht mehr. Alle meine Hoffnungen sind zu Nichte. Mein Traum, etwas auf dieser Welt zu hinterlassen, die Menschen zu rühren ist dahin. Der Vertrag ist aufgelöst, ich bin allein ... ich kann nicht mehr, ich kann einfach nicht mehr ... das Leben ist sinnlos.

Auf nimmer wiedersehen.

Julia stand vom Laptop auf und kramte in ihrer Kiste herum. Sie holte den Block mit Briefpapier hervor, auf den Michael ihr mehrere Autogramme gegeben hatte. Sie legte ein Papier davon in den Drucker.

25. Karl

Karl schaute wieder auf sein Handy.

»Ich sollte besser mal nachschauen, wie es ihm geht.«

»Wirklich? Um die Zeit? Bei deinem Husten?« Eva starrte Karl streng an.

»Er hat noch nie so reagiert.«

»Fein. Aber dann erwarte morgen nicht von mir, dass ich dich gesund pflege, wenn das schlimmer wird. Hoffentlich passiert das nicht öfters.«

»Ich war für euch beide da, als ihr euch getrennt habt. Ich bin für ihn da, wenn ihn dieses Miststück verlassen hat. Ich hab halt ein großes Herz!«

Er wich aus, als Eva ein Couchkissen nach ihm warf.

»Jetzt geh schon, bevor ich es mir anders überlege und dich hier behalte. Und wenn du schon dabei bist, dann kannst du meine Sachen auch gleich noch abholen.«

Karl hielt das Handy ans Ohr, während er den Treppenflur in Michaels Wohnhaus hinaufging.

»Hey - ein Kumpel von mir ist schlecht drauf«, sagte er in das Mikrofon, »Du hast doch sicher was zum Aufmuntern da. - Ja, wenn du es vorbeibringst, zahl ich mehr. Du kennst mich, ich honoriere guten Service. Du weißt noch, wo Michael wohnt? Gut - in vier Stunden erst? Okay, wenn es nicht anders geht. Bis später dann!«

Karl schob das Handy zurück in seine Hosentasche und erreichte schließlich die Wohnungstür.

Er klopfte.

»Michael? Bist du zu Hause? Ich mach mir Sorgen! Und ich muss aufs Klo!«

Doch niemand reagierte. Er nahm den Schlüssel, den er von Eva hatte und schloss die Tür auf.

»Micha?«, rief er hinein. Er betrat den Wohnungsflur und schaltete das Licht ein.

»Bist du zu Hause?«

Er ging ins Wohnzimmer, wo Michaels Laptop auf dem Essenstisch stand. Facebook war offen, leere Blätter lagen auf dem Tisch, auf dem nur Michaels Unterschriften standen.

Was ging hier vor?

Er ging in die Küche und sah die verschiedensten Medikamente und Drogen. Er erkannte sie. Einige hatte er selbst schon genommen.

In einer offenen Kühlbox lagen noch mehr Beruhigungsmittel.

»Was zur Hölle geht hier vor? Michael?«

Er ging ins Schlafzimmer. Ein Blatt Papier lag auf dem Bett. Karl hob es hoch. Es war eine Selbstmordnachricht.

»Michael? Verdammt!«

Er nahm sein Handy heraus und wählte Michaels Nummer. Es fing in der Wohnung an, zu klingeln. Karl folgte dem Klingeln ins Wohnzimmer. Das Handy lag unter ein paar leeren Blättern neben dem Laptop.

»Was hast du Idiot vor?«

Karl griff wieder nach seinem Handy und wählte Evas Nummer.

»Eva - ja, er ist nicht zu Hause. Aber ich habe eine merkwürdige Nachricht gefunden. - Ich glaub, er will sich umbringen. - Nein, ich weiß nicht, wo er ist. - Warte mal, ich muss mal aufs Klo, dann ruf ich dich zurück, okay?«

Er legte auf und ging zum Klo. Er hob den Klodeckel und erleichterte sich, dann wusch er sich die Hände. Sein Blick fiel auf den geschlossenen Duschvorhang.

Lag dahinter etwas?

Er hatte immer das Bedürfnis, Duschvorhänge aufzuziehen. Er hatte zu viele Horrorfilme gesehen, bei denen dahinter etwas Schreckliches lauerte.

Er schob den Vorhang beiseite.

»Was zur Hölle?«, er stolperte zurück.

Michael lag in der Wanne, bedeckt mit Eis.

Karl kniete sich hin, zog Michaels Arm aus dem Eis und versuchte seinen Puls zu fühlen, doch er war eiskalt. Er zog sein Handy raus und wählte *1 - 1 -*

Er spürte einen kurzen stechenden Schmerz am Hinterkopf -

Alles wurde schwarz.

26. Julia

Julia schaute auf die Pfanne in ihrer Hand, dann auf Karl, der auf dem Badboden lag. Was sollte sie jetzt nur machen? Wie sollte sie Karl in diese Geschichte hier einbauen? Wieso musste er jetzt vorbeikommen?

Sie bückte sich und zog Karl aus dem Bad ins Tonzimmer. Er stöhnte, war aber noch nicht bei Bewusstsein. Sie setzte ihn auf den Stuhl und fesselte ihn mit ein paar Kabeln.

Karls Handy summte. Sie zog es aus seiner Tasche. Eva hatte Karl eine SMS geschickt: *SO LANG KANN MAN DOCH GAR NICHT KACKEN*.

Karl stöhnte. Benommen öffnete er die Augen und schloss sie wieder.

»Eva scheint kein sehr geduldiges Mädchen zu sein, oder?«, fragte Julia.

»Was?«, murmelte Karl.

»Weißt du, dass du heute schon vorbeikommst, nach den Facebook-Nachrichten, macht dich zu einem guten Freund.«

Karl bemerkte die Fesseln an seinen Händen und Füßen. Er zerrte daran.

»Was - mach mich los!«

»Aber deine gute Freundschaft, sie stört im Moment richtig. Hättest du nicht ein schlechterer Freund sein können? Morgen oder übermorgen nachschauen?«

Julia schüttelte ihren Kopf. Das machte alles komplizierter.

»Was soll ich nur mit dir machen? Hm?«

»Du kannst mich losbinden und verdammt nochmal nen Krankenwagen rufen! Michael - in der Badewanne-«

Julia schlug Karl mit der Bratpfanne ins Gesicht, aber nicht zu stark, damit es keine erkennbaren Wunden gab. Es sollte nur weh tun.

»Du bist etwas begriffsstutzig, oder? Er ist tot. T - O - T.«

»Was - was bist du für eine Psychobitch?«

Julia schob die Bratpfanne unter sein Kinn und hob seinen Kopf an, sodass sie ihn direkt in die Augen sehen konnte.

»Eine, die hier über Leben und Tod entscheidet.«

»Bist du komplett durchgeknallt?«

Julia schüttelte den Kopf. Karl schien nicht so recht zu begreifen, was hier vorging. Sie schlug ihn nochmal mit der Bratpfanne.

»Ich an deiner Stelle würde nicht so mit der Person reden, die dein Leben in der Hand hält. Also wirklich.«

Karl wollte wieder was sagen, doch sein Handy brummte. Julia bedeutete Karl, dass er ruhig sein sollte und nahm sein Handy. Eva hatte eine neue Nachricht geschrieben: *Ich komm jetzt vorbei. Küsschen Eva.*

Julia zeigte Karl die Nachricht.

»Küsschen Eva? Das hat aber auch nicht lange gebraucht, bis ihr euch zwei näher gekommen seid, oder? Vielleicht warst du deshalb so schnell hier? Weil du ein schlechtes Gewissen hattest?«

»Das geht dich gar nichts -«

KLONK, Julia zog ihm mit der Bratpfanne eines über den Hinterkopf. Karl sackte in seinen Fesseln nach vorn. Er war wieder ohnmächtig. Oder vielleicht im Koma. Julia hoffte, dass sie keine zu großen Schäden angerichtet hatte.

Sie nahm Karls Handy und schrieb Eva zurück:

Hey, hab Michael gefunden, er kam grad nach Hause. Alles ist in Ordnung. Du musst nicht vorbeikommen. Werde mit ihm Reden und Frustsaufen. Ruf dich später an. Küsschen Karl.

Julia legte das Handy weg und starrte auf den Bewusstlosen.

»Wie mach ich das bloß? Was mach ich bloß mit dir?«
Sie schaute zum Handy und dann zu Karl. Die Beziehung mit Eva, die könnte helfen.

»Vielleicht - Michael hat herausgefunden, dass du was mit Eva hast und war darüber nicht erfreut. Besonders nach seinem Desaster, er greift die Bratpfanne und schlägt zu«, sie haute mit der Bratpfanne zu, »Und nochmal und nochmal!«, sie schlug noch zweimal zu.

»Michael ist so schockiert über seine Tat, dass er sich selbst das Leben nimmt. - Ja, das kann klappen. Du kannst echt froh sein, dass ich mehrere seiner Unterschriften hab, sonst wäre ich echt böse mit dir.«

Sie legte die Bratpfanne beiseite und fühlte Karls Puls.

»Okay, Leben tut er auch noch - erstmal der neue Abschiedsbrief.«

Julia ging aus dem Tonzimmer ins Wohnzimmer. Sie setzte sich vor Karls Laptop und legte einen neuen, leeren, unterschrieben Zettel in den Drucker.

Sie begann zu tippen:

Was habe ich nur getan. Mein bester Freund tot, durch meine Hand ... ich kann so nicht länger leben ... vergebt mir.

Julia schreckte auf. Es klingelte an der Wohnungstür.

27. Eva

Eva hatte ihren Finger auf der Klingel der Wohnungstür. *Frustsaufen*, nachdem Karl die Medikamente geschluckt hatte. Das könnte ihm so passen!

»Micha, Karl! Macht die verdammte Tür auf. Ich weiß, dass ihr da seid! Karls Auto steht noch vor der Tür!«

Niemand machte auf. Sie ballte die Hände zu Fäusten und hämmerte gegen die Tür.

»Macht auf! Ich mein das Ernst, das ist nicht witzig! - Oder ich ruf die Polizei!«

Sie lauschte an der Wohnungstür, ob sich was rührte, hörte sie da jemanden rumschleichen?

»Okay, ihr habt es nicht anders gewollt!«

Sie holte ihr Handy heraus.

Die Tür öffnete sich ein Spalt breit.

»Na endlich.«

Sie packte das Handy zurück in die Tasche und betrat die Wohnung. Sie sah niemanden. Sie ging in den Flur, den sie schon so oft betreten hatte. Trotzdem war ihr mulmig zumute.

»Wo sei ihr? Ich finde das nicht witzig!«

Ein Stöhnen ertönte. Es drang aus der halb offenen Tür im Tonstudio.

Eva öffnete die Tür und -

»Karl? Was ist passiert?«

Sie sprang zu Karl und hockte sich vor ihm. Er war bewusstlos.

Was zur Hölle -

Sie bemerkte hinter sich eine Bewegung und wirbelte herum.

Julia stand da, die Hände hinter dem Rücken.

»Was machst du hier?«, fragte Eva.

»Dasselbe könnte ich dich fragen. Ich wollte meine Sachen von Michael abholen und die Tür war offen. Was hast du mit ihm angestellt?«

Julia nickte zu Karl.

Eva schaute sie verwirrt an.

»Gar nichts. Ich hab ihn so gefunden.«

Eva starrte Julia an. Sie –

»Was hast du da hinter dem Rücken?«

»Hinter meinem Rücken? Oh, das …«

Julia zeigte Eva eine Bratpfanne, Blut tropfte herunter.

Eva wich zurück.

Sie stieß gegen Karl.

»Was hast du getan?«

»Nichts. Das war Michael. Er hat erst Karl und dann dich erschlagen, als ihr ihm eure Beziehung gebeichtet habt und dann hat er sich in Verzweiflung selbst umgebracht.«

»Was? Das ist krank! Du bist krank!«

Julia war verrückt! Eva schaute sich um –

Da, eine Gitarre. Sie ergriff sie.

Julia sprang vor und holte mit der Bratpfanne aus, doch Eva stieß mit der Gitarre zu und brachte Julia aus dem Gleichgewicht.

Eva stürzte aus dem Zimmer. Sie rannte zur Wohnungstür. Zerrte daran –

Sie war abgeschlossen. Sie drehte sich um. Julia kam aus dem Tonzimmer und hielt den Wohnungsschlüssel hoch.

Eva zog ihr Handy aus der Tasche. Sie musste die Polizei rufen!

Julia stürzte sich auf Eva und schlug mit der Pfanne zu. Schmerz durchzuckte Evas Handgelenk. Das Handy fiel ihr aus der Hand. Eva schubste Julia beiseite und rannte in die Küche. Sie blickte sich panisch um. Sie brauchte eine Waffe!

Da, in der Kühltruhe lag eine aufgezogene Spritze. Sie griff danach und wirbelte herum, als Eva die Küche betrat, die Bratpfanne in der Hand.

»Du machst es mir echt nicht leicht.«

Eva fletschte die Zähne.

»Leicht ist für Pussys. Ich werde dich kalt machen.«

Sie ging einen Schritt zurück und stieß gegen die Küchenanrichte.

Julias Blick fiel auf die Spritze in Evas Hand.

»Ich hoffe, du kannst damit umgehen. Sonst wird das nichts mit deinen tapferen Ansagen«, sagte sie.

Sie machten einen Schritt auf Eva zu. Eva konnte nicht mehr zurückweichen und hielt die Spritze vor sich.

Julia warf die Bratpfanne. Eva hob ihre Hände, die Bratpfanne krachte dagegen, die Spritze flog ihr aus den Händen. Julia war da. Ein Faustschlag krachte gegen Evas Kopf, der schlug gegen die Wand. Schmerz -

Alles wurde schwarz.

Eva öffnete die Augen. Ihr Blick war verschwommen. Sie saß auf einem Stuhl. Sie versuchte aufzustehen, doch ihre Hände waren an die Lehnen und die Beine an die Stuhlbeine gefesselt.

Sie drehte den Kopf. Karl saß neben ihr. Er war ohnmächtig.

Julia trat in ihr Blickfeld. Eva knurrte, ballte die Hände zu Fäusten. Wenn sie Julia nur in ihre Finger kriegen konnte.

»Mach mich frei.«

»Ich weiß nicht, was ich mit dir machen soll. Es wäre so eine Verschwendung, dich in dieses Morddrama hineinzuziehen«.

Das Miststück wirkte tatsächlich nachdenklich.

»Du könntest mich gehen lassen«, sagte Eva.

Julia lachte.

»Du gefällst mir. Du neigst zu Gewalt. Du erinnerst mich an mich selbst.«

»Ich erinner dich an eine hässliche Kaulquappe?«

Schmerz zuckte über Evas Gesicht. Julia hatte sie mit der flachen, behandschuhten Hand geschlagen. Eva versuchte, nach der Hand zu beißen.

»Guter Kampfgeist. Aber was mach ich nur mit dir? Du warst nicht vorgesehen - vielleicht - eine Dreiecksbeziehung. Du und Karl, Michael, es geht schief, er tötet euch beide und bringt sich dann selbst um.«

»Du bist doch krank!« Wo war Eva hier nur reingeraten. Julia war total Irre!

Julia schob Eva einen Stofflappen in den Mund und band ihn mit einem Tuch fest. Eva versuchte sich zu wehren, doch es war zwecklos. Julia hielt einen Zeigefinger an ihre Lippen, als Eva versucht, durch den Lappen etwas zu sagen.

»Pssstt.«

Julia ging aus dem Tonzimmer.

28. Julia

Julia schloss die Tür des Tonzimmers hinter sich. Sie lehnte sich gegen die Tür und atmete tief ein und aus. Was zur Hölle sollte sie jetzt machen? Sie musste die Geschichte anpassen. Langsam gab es keine glaubhaften Möglichkeiten mehr.

Sie holte ihr Handy raus und wählte die Nummer des Lehrers aus.

Nein! Er war in Frankreich. Sie musste beweisen, dass sie es ohne ihn konnte. Sie musste es allein schaffen. Sie packte das Handy weg und sank gegen die Tür.

Es klingelte.

Julia schaute auf. Wer zum Teufel war das denn jetzt?

Sie schaute zur Tür. Es klingelte nochmal. Sie ging zur Tür und schaute durch den Spion. Der Hausflur war leer. Es klingelte wieder. Und wieder. Dauerklingeln.

Sie starrte auf den Türsummer und drückte die Taste für die Gegensprechanlage.

»Ja?«, fragte sie.

»Hey, macht auf! Mir ist kalt und ich hab das Zeug, das Karl haben wollte.«

Die Stimme kam ihr bekannt vor, das war doch der Dealerfreund, den Karl hatte. Hatte Karl den Typen hierher gerufen?

»Karl?«

»Ja, Karl. Er hat mich angerufen und gesagt, ich soll vorbeikommen.«

Julia biss sich auf die Lippen. Was sollte sie jetzt tun? Sie musste ihn auch umbringen.

»Klar, komm hoch.«

Sie drückte auf den Türöffner und öffnete die Wohnungstür einen Spaltbreit.

Sie rannte in die Küche und suchte den Boden ab. Da! Die Spritze, die Eva hatte verwenden wollen.

Julia hob sie hoch. Dann zog sie ihr Hemd aus. Sie hatte keinen BH an.

Sie ging mit der Spritze in den Flur und hielt sie hinter ihrem Rücken versteckt.

Der Dealer schob die Wohnungstür auf. Als er Julia halbnackt dastehen sah, weiteten sich seine Augen.

»Mit so einem Willkommen hab ich jetzt nicht gerechnet.« Julia setzte ihr bestes Lächeln auf.

»Wo sind denn Karl und Michael?«, fragte der Dealer.

»Die haben schon schlappgemacht. Ich bin aber noch putzmunter und könnte einen richtigen Mann gebrauchen.«

Sie ging auf ihn zu. Sie konnte sehen, wie sein Blick über ihren Körper wanderte. Sie wusste, dass sie gut aussah. Männer konnten ihr kaum widerstehen.

»Ich bin ein richtiger Mann«, sagte der Dealer.

Sie stand vor ihm, beugte sich vor, spitzte ihre Lippen zu einem Kuss und legte eine Hand auf seinen Kopf. Er beugte sich zu ihr herunter.

Sie drückte ihm die Spritze in den Hals. Seine Augen weiteten sich vor Schreck. Sie hatte gut getroffen. Er sackte fast augenblicklich in ihren Armen zusammen.

Sie zog ihn durch den Flur ins Schlafzimmer und wuchtete ihn aufs leere Bett.

Sie fühlte seinen Puls. Er war noch am Leben. Aber das Betäubungsmittel müsste ihn für mindestens sechs Stunden ausschalten. Sie setzte sich auf einen Stuhl und holte tief Luft.

Jetzt hatte sie vier Leute in der Wohnung.

Den Dealer hier, Michael in der Badewanne und Karl und Eva im Tonzimmer. Was sollte sie nur tun, verdammt nochmal? Sie holte nochmal ihr Handy heraus. Sollte sie nicht doch den Lehrer anrufen? Ihn um Hilfe bitten?

Sie schüttelte den Kopf und steckte das Handy weg. Nein, sie würde das alleine schaffen -

Sie musste planen.

Sie hatte eine Idee, zumindest einen Ansatz. Sie ging in ihr Zimmer und öffnete den Karton mit den medizinischen Akten von Eva.

Sie schaute sie nochmals durch. Ja, wenn Eva die Täterin war - mit dieser Krankengeschichte - konnte das funktionieren.

Julia verstaute die Akten säuberlich und ging in die Küche, dort nahm sie einige Medikamente aus ihrer Kühlbox und legte sie in Evas Handtasche, die sie im Flur fallen gelassen hatte.

Die restlichen Medikamente und Drogen warf sie in einen Müllbeutel und brachte sie aus der Wohnung zum Müll.

Julia setzte sich vor den Rechner und loggte sich mit Evas gespeicherten Logindaten bei Facebook ein und schrieb eine Nachricht an Karl: *DU ARSCHLOCH, DU AUCH MIT DIESER SCHLAMPE?*

Die vorher geschriebenen Selbstmordnachrichten löschte sie und zerriss die, die sie ausgedruckt hatte. Die Schnipsel spülte sie im Klo herunter.

Zurück im Flur nahm sie Evas Handy vom Boden. Sie holte ihren Laptop heraus, schloss das Handy per Kabel an und lies ein Programm laufen, dass ihr Lehrer besorgt hatte, um Passwörter zu knacken. Nach nur ein paar Minuten war sie in Evas Handy eingeloggt.

Sie schrieb an Karls Handy eine SMS:

DU ARSCHLOCH! HAST MICH MIT IHR AUCH BETROGEN! DAS WIRST DU BEREUEN!

Es musste noch überzeugender werden. Sie nahm einen kleinen Audiorecorder und ein kleines Mikrofon, das sie an ihren Kragen befestigte, und schaltete ihn an.

Sie ging in das Tonzimmer. Eva starrte sie mit wütenden Augen an. Julia lächelte ihr zu, dann ging sie zu Karl und fühlte seinen Puls. Er war zum Glück noch am Leben, sonst würde das, was sie vorhatte, nicht funktionieren.

Sie öffnete seine Hose und nahm seinen Schwanz heraus. Sie nahm ihn in den Mund. Sie hörte, wie Karl leise stöhnte.

Er wurde in ihrem Mund steif. Sie schaute auf und grinste Eva zu, die sich gegen ihre Fesseln stemmte. Doch da würde sie keine Chance haben. Julia wusste, wie man jemanden fesselte.

Sie stand auf, öffnete ihre Hose und zog sie mitsamt Tanga herunter. Sie war erstaunt, wie feucht sie war. Die ganze Aufregung törnte sie mehr an, als sie selbst gemerkt hatte. Sie setzte sich auf Karl, ließ ihn in sich eindringen und ritt ihn. Er öffnete benommen die Augen, stöhnte auf. Julia konnte spüren, wie er in ihr kam. Das ging aber schnell. Sie schaute zu Eva. Das arme Mädchen. Auch Michael hatte zu der schnelleren Sorte gehört. Was für Männer suchte sie sich nur aus? Karl schloss wieder die Augen und sackte in die Fesseln.

Julia stand auf und zog Tanga und Hose wieder hoch. Eva starrte sie mit einem mordlustigen Blick an. Julia spürte das Sperma ihr Bein entlangfließen. Es war ein gutes Gefühl, ein guter Beweis für später.

Sie beugte sich zu Eva herunter, so dass das kleine Mikrofon nahe an ihrem Mund war. Eva bemerkte es nicht, sondern starrte sie nur hasserfüllt an.

Julia zog den Knebel aus Evas Mund.

»Du Schlampe! Ich mach dich kalt!«

86

»Ich glaube kaum«, sagte Julia.

Sie ging aus dem Raum. Sie schloss die Tür hinter sich und holte den kleinen Audiorecorder heraus. Sie spielte die letzte Aufnahme ab.

»Du Schlampe! Ich mach dich kalt!«

Die Aufnahme war gut. Sie ging zurück ins Wohnzimmer, nahm Evas Handy, wählte ihre eigene Nummer und wartete, bis ihre Mailbox ranging. Dann spielte sie die Aufnahme ab.

»Du Schlampe! Ich mach dich kalt!«

Sie legte Evas Handy in ihre Tasche und stellte die Tasche in den Wohnungsflur.

Im Bad zog sie Michaels Leiche aus der Badewanne und ließ warmes Wasser herein, um die Eiswürfel zu schmelzen.

Sie zog die Leiche aus dem Bad ins Wohnzimmer und deponierte ihn auf dem Sofa, dann ging sie in die Küche und nahm das größte Messer aus dem Messerblock, dass sie finden konnte. Sie ging damit ins Schlafzimmer und starrte auf den Dealer.

Diesmal würde sie den Moment des Todes nicht verpassen. Sie hockte sich neben den Dealer, bedacht darauf, selbst keine Spritzer abzubekommen.

Sie hob das Messer und rammte es dem Dealer mit aller Kraft in den Bauch. Er bäumte sich auf, doch er wurde nicht wach. Blut quoll aus der Wunde.

Sie fühlte seinen Puls, sah, wie sein Brustkorb sich langsamer hob und senkte. Sie drehte das Messer in der Wunde. Sie konnte spüren, wie das Leben aus ihm herausfloss. Es war wunderschön.

Seine Atmung setzte aus, sein Körper sackte in sich zusammen, ein Moment vollkommener Entspannung. Julia kribbelte es über den Rücken, es löste sich ein

Knoten in ihrer Brust, von dem sie nicht gewusst hatte, dass er da war. Sie atmete schwer, ihre Hände zitterten leicht.

Julia lächelte auf ihr Werk herab. Es war wunderschön.

Nachdem sie sich beruhigt hatte, ging sie aus dem Schlafzimmer. Im Flur schloss sie die Wohnungstür ab und legte den Schlüssel in Evas Handtasche. Dann ging sie ins Tonzimmer, das Messer in der Hand.

Eva schaute auf.

»Sag mir wenigstens, warum?«

Julia liebte diese Frage.

Sie setzte sich vor Eva auf dem Boden.

»Meine Eltern starben bei einem Autounfall. Ich bin in eine Pflegefamilie gekommen, ich war keine Zehn. Aber ich entwickelte mich früh. Mein neuer Vater, er kam eines Nachts in mein Zimmer. Er legte sich zu mir. Er sagte, dass er mich lieb hatte. Ich dürfte Mami aber nichts sagen. Nicht weinen. Er war meine erste Liebe. Ich weinte. Doch ich durfte nicht weinen! Papi hatte mich doch lieb! Und er musste mich bestrafen, wenn ich weinte. Er nahm seine Zigaretten - immer wenn ich unartig war -«

Eva biss ihre Zähne zusammen und zischte: »Du Miststück!«

»Was? Glaubst du mir etwa nicht? Okay, es war keine Liebe. Er benutzte mich nur. Das hab ich später verstanden. Wie alle Männer. Sie benutzen uns nur. Sie sind Schweine und sie haben es verdient, wie Schweine geschlachtet zu werden!«

»Du bist krank!«

Julia stand auf, das Messer fest in ihrer Hand.

»Krank? Ich bin die Heilung!«

Sie rammte Karl das Messer in die Brust. Er stöhnte auf und sackte dann in seinen Fesseln zusammen.

Julia erzitterte. Zwei an einem Abend, das war ... ekstatisch! Sie spürte förmlich durch den Messergriff, wie Karls Seele seinen Körper verließ. Sie war erregt. Sie biss sich auf die Lippen, um nicht laut loszustöhnen. Eine Gänsehaut bildete sich auf ihrem ganzen Körper.

»Das hat mir so gefehlt«, sagte sie schließlich, als sich ihr Körper wieder beruhigt hatte.

Sie zog das Messer aus Karls Brust, als sie sicher war, dass er Tod war und starrte zu Eva. Die hatte nichts mehr zu sagen. Sie war starr vor Schreck.

Julia hob das Messer und starrte sie an.

Eva schloss die Augen.

Julia zielte und rammte das Messer Eva zwischen die Beine, in den Stuhl hinein, ohne sie zu verletzen.

Eva öffnete die Augen wieder.

»Du - du bist ein Monster!« Ihre Stimme klang panisch.

Julia beugte sich zu Eva hinab. Ihre Hände überprüften ihre Fesseln und lockerten sie.

»Dann haben sie mich dazu gemacht.«

Sie drückte Eva einen Kuss auf den Mund, ging aus dem Zimmer und schloss die Tür hinter sich.

Sie sank dagegen. Ein weiterer Schauer lief ihr durch den Körper. Sie hatte auch Julia töten wollen, doch sie brauchte sie lebend.

Sie zog die Plastikhandschuhe aus, ging ins Bad und spülte sie das Klo hinunter. Es war eine krude Art, Beweismittel loszuwerden. Aber solange die Polizei eine glaubwürdige Story hatte, würde sie nicht anfangen, den Inhalt der Abwasserleitungen zu durchsuchen. Solange das Klo nicht verstopfte, würden sie es nicht tun.

Zumindest hoffte Julia das. Sie improvisierte und hoffte, dass ihre Geschichte glaubwürdig genug erscheinen würde.

Sie ging zurück in den Flur, hockte sich vor die Tür und schaute durch das Schlüsselloch. Eva hatte gemerkt, dass ihre Fesseln lockerer waren. Sie schaffte es, das Messer zu greifen. Gleich würde sie sich befreien.

Julia lächelte und nahm ihr Handy. Sie wählte die 110.

»Helfen sie mir, bitte, sie hat ein Messer, die anderen, sie sind alle tot - Stollenstr. 128 - Julia Una - bitte kommen sie schnell. Ich bin in der Wohnung und komme nicht raus. Wohnung von Stock - bitte schnell. Oh mein Gott - sie kommt!«

Julia legte auf und schaute wieder durch das Schlüsselloch und sah, wie Eva die letzte Fessel durchschnitt. Eva stand auf und prüfte den Puls von Karl, Blut befleckte ihre Hände.

Sie ging auf die Tür zu.

Julia schlich in die Küche.

Die Polizei sollte in fünf Minuten hier sein. Die normale Reaktionszeit der Berliner Polizei in der Innenstadt bei Gefahr im Verzug.

Julia hörte, wie Eva die Tür des Tonzimmers öffnete und zur Haustür ging. Sie drückte und rüttelte an der Klinke.

Julia ging zurück in den Flur. Eva drehte sich um, das Messer fest umklammert.

»Lass mich raus!«, sagte sie.

»Nein.«

Eva ging einen Schritt auf Julia zu, sie hob das Messer.

»Lass mich raus!«

Julia drehte sich um und rannte ins Schlafzimmer. Hoffentlich hatte sie sich nicht mit der Polizei verschätzt, sonst ... sie stellte sich hinter die Tür und wartete auf Eva. Sie kam vorsichtig, das Messer vor sich haltend, ins Zimmer. Sie erstarrte, als sie die Leiche des Dealers auf dem Bett sah.

Julia sprang vor und schubste sie. Eva kam etwas aus dem Gleichgewicht, konnte sich jedoch fangen. Sie fuchtelte mit dem Messer in Richtung Julia. Julia wich zurück.

Eva stand zwischen ihr und der Tür. Sie war richtig wütend, ihre Fingerknöchel traten weiß hervor, so fest umklammerte sie das Messer.

Julia wich einen Schritt zurück und stolperte. Sie fiel auf den Boden.

»Bitte, tu mir nichts!«, rief sie laut und starrte zu Eva hinauf, die sich ihr langsam näherte. Die Mordlust stand ihr ins Gesicht geschrieben.

»Tu mir nichts!«

»Du wirst bezahlen, Schlampe!«, zischte Eva.

»Bitte!«, rief Julia lauter, immer wieder. Sie konnte schwach hören, wie etwas krachte, während sie laut um ihr Leben bettelte. Hoffentlich hörte Eva es nicht.

»Bitte tu mir nichts!«, rief Julia, ihr Blick fiel auf die Tür, zwei Polizisten standen da. Eva hatte sie in ihrer Mordlust nicht bemerkt.

»Töte mich nicht wie die anderen!«, rief Julia.

»Du verrückte Schlampe! Ich mach dich kalt!«, Eva konnte nicht mehr klar denken.

»Halt, stehen bleiben!«, rief einer der Polizisten.

Eva drehte sich überrascht um, starrte auf die Polizisten, sie hatten ihre Waffen gezogen und zielten auf sie.

»Lassen sie das Messer fallen!«, rief einer der Polizisten.

Eva starrte auf das Messer.

»Sie verstehen nicht! - Sie -«

Eva drehte sich zu Julia um, Julia hob leicht das Bein und brachte Eva aus dem Gleichgewicht. Eva schwankte, versuchte das Gleichgewicht zu halten-

»Stopp!«, rief der Polizist.

Ein Schuss knallte.

Eva ließ das Messer fallen. Ein roter Fleck erschien auf ihrer Brust.

»Sie ... verstehen nicht ...«, keuche Eva und sank neben Julia zu Boden.

Julia rappelte sich auf und rannte zum Polizisten. Tränen liefen ihr die Wangen herunter.

»Danke ... danke.«

Der Polizist nahm sie etwas verlegen in den Arm.

Eva lag am Boden, atmete schwer. Der andere Polizist rief einen Krankenwagen.

Julia saß auf einer Bank am Bahnsteig und schlug die Zeitung auf. Aus den Lautsprechern ertönte die Ansage: »Der Zug nach Paris hat fünf Minuten Verspätung.«

Julia schaute auf die Bahnhofsanzeige.

Typisch Bahn.

Sie nahm die Zeitung wieder auf. Auf der Titelseite stand:

Eva K. wegen Mord in drei Fällen angeklagt. Staatsanwaltschaft fordert 15 Jahre Haft mit anschließender Sicherheitsverwahrung.

ENDE